— 書き下ろし長編官能小説 —

女子寮デリバリー

美野 晶

竹書房ラブロマン文庫

目次

この作品は、竹書房ラブロマン文庫のために
書き下ろされたものです。

第一章　長身女子大生の痴態

　一人暮らしのアパートの部屋で、中村圭太《なかむらけいた》は畳に胡座《あぐら》をかいて貧乏揺《ゆ》すりをしながら、いまかいまかと待ちわびていた。

「来たっ」

　二階の部屋の窓の向こうからクラクションの音が聞こえた。ほとんど時間通りだが、ずいぶんと長く待った気がする。

「お待たせ、整備完了だよ。チェックよろしく」

　慌てて玄関を出て外階段を降り、同じ敷地内にある住民用の駐車場にいくと、二トントラックを改造した車の運転席から作業服を着た男性が鍵を渡してきた。

「はいっ」

　普通、自動車の納車時のチェックといえば運転席にまず座るものだが、圭太は冷凍輸送の車を思わせる箱形の荷台のうしろに回りドアを開いた。

中は大人の男が立てるくらいの屋根高があり、銀色の冷蔵庫や棚が所狭しと並んでいた。

開けると同時に小さなランプが点灯《てんとう》して箱の中が照らされた。

「おおっ、自動でランプが」

そう、この車は二トントラックをベース車にして改造されたキッチンカーだ。

「使えるものは使ってあるから、予算もだいぶ抑《おさ》えられたよ」

もともと、この車は料理人である圭太の先輩が使っていたものだ。

二十六歳になる圭太は高校を卒業してから調理師の学校に通ったあと、老舗《しにせ》の洋食店で修行をしていた。

ところがそこのオーナーシェフが自分の田舎に転居することになり、圭太は退職を余儀《よぎ》なくされたのだった。

「どうだ、思い切って独立してみたら。コイツならいろんな場所で商売出来るしな」

次の勤め先を探そうと思っていた矢先、調理師学校時代の先輩はそう声をかけてくれた。彼はもともとキッチンカーで和食や惣菜の移動販売をしていたのだが、お金が貯まったので自分の店を構えることにしたのだという。

そしてキッチンカーが空《あ》いたので、圭太に安く譲《ゆず》ってくれると言ってくれたのだ。

（独立か……俺が出来るのかな……）

生来控えめな性格で、子供のころからよく頼りないと馬鹿にされたりしてきた圭太は、独り立ちをする踏ん切りがなかなかつかなかった。

だがそんな圭太を可愛がってくれていた先輩は、かなり破格の値段で譲ってくれたうえに、改造をしてくれる業者にも安くしてくれるよう、交渉までしてくれたのだ。

こんないい条件はそうそうないと、ついに圭太は決心して貯金をはたき、移動型の洋食屋を始めると決めた。

そうして和食用だったキッチンカーの設備は、圭太が洋食用に使いやすいように改造され、待望の納車日を迎えたのだった。

荷台の箱の横側の壁を上に開くと、それがひさしになって中が見え、いかにも店舗という感じだ。

「ありがとうございます。自分の城が出来た気持ちです」

「そんなに喜んでくれたら俺もがんばった甲斐があったよ。でもこの車を生かすも殺すも君次第だ。がんばりな」

目を輝かせている圭太の肩を、自動車屋の主人は強く握って言った。

「ありがとうございました。またよろしくお願いします」

洋食の移動販売を始めてから三ヶ月ほどがたった。いちおうは折りたたみのテーブルやイスも用意して食事も出来るようには考えているが、今のところ中心になっているのはお弁当の販売だ。

煮込みハンバーグやキッチンカーの中のフライヤーで調理した揚げたてのトンカツや海老フライに、もう一品、日替わりで惣菜をつける。

それにご飯を入れたお弁当はけっこう売れ行きがよかった。

「こちらこそ、いつも美味《おい》しいよ」

よく買いに来てくれるスーツ姿の男性が笑顔を向けてくれた。夜は駅にほど近い場所にある立体駐車場の一階で営業している。

もちろん持ち主に使用料を払っている。気のいい家主さんで、通りから見える場所を提供してくれ、屋根もあるので急な雨が降っても焦《あせ》らなくてよかった。

「そう言ってもらえると嬉しいです」

わずか数ヶ月ながらこうして常連も出来つつある。昼もオフィス街でお弁当を売っているがそちらはお客さんも自分も慌ただしく、こんな会話もないので嬉しかった。

「すいません、まだお弁当ありますか」

サラリーマンの後ろ姿を見送ると、入れ替わりで長身の女性客がやってきた。

圭太は身長が百七十五センチあるが、それほど変わらないくらいに見える。ショートカットで瞳が大きくけっこうな美人だ。

「はい、いまのところ売り切れはありませんので、どれでもどうぞ」

女性は初めて見る顔だ。身長が高いだけでなく肩回りもしっかりしている感じがするので、スポーツをやっているのだろうか。

午後九時前のいまの時間だと、まだ充分に食材の在庫はあった。

「じゃあすいません。ハンバーグ弁当三つと海老フライ弁当二つと焼肉弁当三つで」

「えっ」

キッチンカーの接客用の窓から女性を見下ろしているのだが、いくら体格が大きいといっても、いきなり弁当を八個も注文されて圭太は目を丸くした。

「えっ、無理ですか？」

圭太は彼女が一人で食べるのかと驚いたのだが、向こうは売り切れを気にしているようだ。

「い、いいえ、えーと、ご飯もありますし、はい、いけます」

よく考えたら仲間の代表で買いに来たのかもしれない。いくらなんでも一人で食べるわけではないだろう。

「いまから調理しますので、少しお待ちください」

圭太はハンバーグの種を出して専用の鉄板に載《の》せ、海老フライに衣をつけて油に入れていく。

手間は掛かるが、出来たてを提供するのが圭太の店の売りだ。

「いい匂い」

女性は微笑《ほほえ》みを浮かべながら、キッチンカーの前に置いているイスに腰掛けた。素っ気ないジャージとTシャツ姿だが、脚が長く、締まった身体には不似合いに胸が盛りあがっていた。

(いかんいかん……)

圭太も年頃の男。スタイルのいい美女を見たらつい目がいってしまう。だがいまはこの店を成功させることを第一に考えないといけない時期だ。

「ごめーん、うまく抜け出せなくて」

焼肉の準備をしようとフライパンを出すと、駐車場の入口のほうから声がした。

「大丈夫だよ、それより見つからなかった?」

「うん、平気」

もう一人若い女性が現れて、先に来ていた女性と話している。

「あっ、ええっ、亜矢《あや》……ちゃん？」

さすがに一人で食べるんじゃないよなと思って、窓から外を見た圭太は、もう一人の女性の顔を見て驚いた。

「圭太じゃゃん、どうして」

黒髪のロングヘアーのすらりとした美女の顔に圭太は見覚えがあった。実家の隣の家に住む五つ年下の津久見《つくみ》亜矢だ。

調理師の学校に入ると同時に一人暮らしを始めたので、会うのはずいぶんと久しぶりだが、確かに彼女だ。

当時は中学生だったので大人びているが、すっきりとした切れ長の瞳と高い鼻、ぽってりとした唇をした近所でも評判の美少女だった。

「えっ、お兄さん？」

先に来ていた長身の女性が圭太と亜矢の顔を交互に見て驚いている。

「うーん、お兄さんというか、弟というか」

亜矢はその質問に腕組みをして首をかしげながら答えている。亜矢よりも圭太のほうが歳は五歳上なのだが、昔から頼りないと言われていたので、亜矢は常に上から目線だった。

年上の圭太が亜矢ちゃんと呼んでいるのに、向こうは圭太と呼び捨てなのもその現れだ。

「ええっ、弟？　どういう意味よ、それ」

どう見ても年上の、しかもコックの白衣を着てキッチンカーを営業している男を弟と言われた長身の女性のほうが目を白黒させている。

彼女はそんな事情など知らないから当たり前だ。

「いや、僕のほうが年上なんですよ。兄弟じゃないです、家が隣同士で」

確かに子供のころはヘタレと言われていたが、大人になっていまはこうして経営もしているのにと、圭太は苦笑しながら長身の女性に言った。

「へえー、じゃあまったくの偶然なんだ」

自己紹介をして細かい事情を話すと、長身の女性、笹倉《ささくら》玲奈《れな》はようやく合点がいったようだった。

彼女は二十一歳の亜矢よりもひとつ年上の二十二歳。同じS女子大学の先輩と後輩という間柄らしい。

学部は違うが、圭太がいま営業している立体駐車場から十分ほどの場所にある、女子大の女子寮でともに暮らしていると教えてくれた。

「なんかずいぶんとしっかりした感じになったね、圭太」

キッチンカーの中でフライパンを振るう圭太を窓越しに見あげながら、亜矢はまるで母親のような感じでしみじみ言った。

「い、いつまでもヘタレじゃねえよ。いい加減にしろよ」

文句を言いながらも圭太は顔をほころばせる。こんなやりとりも久しぶりだ。

圭太が頼りない少年だったのも事実だが、亜矢は逆にかなり大人びてしっかりとした子供だった。

確か小学校でも中学でも生徒会長を務めていたと、母を通して聞かされていた。

「えー、まあもう大人だもんね。泣きながら走ってたころとは違うよね」

亜矢はニヤニヤと笑いながら意味ありげに言う。圭太は小学校高学年のころ犬に追いかけられて泣きながら逃げたことがあった。

それを見ていた亜矢を含《ふく》めた近所の人々に爆笑されたのだが、笑われた理由は犬が小さな子犬だったからだ。

「そ、そんなの忘れてくれよ」

恥ずかしい記憶を思い出し、圭太は顔を真っ赤にして声を大きくした。

いまでも犬は苦手だが、それは言わないでおいた。

「このお弁当って寮のみんなで食べるの？」

話題を変えようと圭太は、キッチンカーの前に立っている二人に聞いてみた。

合計八つの弁当だから、寮の学生たちで食べるのだろうか。寮で食事は提供されていないのだろうか。

「えっ、二人で食べるんだよ。寮のご飯だけじゃお腹空《なかす》いちゃって」

先ほど亜矢から、卒業後はプロに進むくらいのバスケットの選手だと紹介された玲奈が、まるで当たり前のように言った。

「ふ、二人で!?　八つだよ？　注文間違いじゃない？」

ハンバーグ弁当三つに海老フライ弁当が二つ。さらには焼肉弁当が三つと書いてある伝票をあらためて見た。

「あってるよ。四つずつ二人で分けるの」

長身の玲奈は自分と亜矢を交互に指差した。

「私も……すごくお腹空いちゃって。バイトもしてるけど食費に消えちゃうんだ」

少し照れたように亜矢は圭太を見た。寮での部屋着なのか亜矢は緩《ゆる》めのジャージパンツにTシャツ姿だが、子供のころと同じように細身《ほそみ》だ。

（そういえばやせの大食いだって、おばさんが言ってたな）

圭太と亜矢の母親同士はかなり仲がよく、お互いの家でお茶を飲んだりしていたのだが、亜矢も彼女の兄も大食いで食費が掛かって仕方がないと言っていたような覚えがあった。

とくに亜矢は体重は標準なのに同級生男子の倍食べるとぼやいていた。

（いまもやせてはいるけど、いろいろと成長しているからなあ……）

フライパンで焼肉を焼きながら、圭太はちらりと亜矢のほうを見た。

手前にいる玲奈のボディラインもすごいが亜矢もまったく負けていない。身長は普通ぐらいでやせていても、出るべき場所がとにかく豊満だ。

Tシャツにジャージという格好はそれがよく目立つ。胸のところは膨《ふく》らみが大きくてプリントされた文字が歪《ゆが》んでいるし、下半身は伸縮性の生地が張り切っている。

（いかん、隣の娘に俺は……）

向こうは頼りない弟のように思っているのかもしれないが、妹のような存在だった亜矢に邪《よこしま》な感情を覚えてはいけないと圭太は自分を戒《いまし》めた。

「もうすぐ出来ますから」

なるべく二人のほうを見ないようにして、圭太は調理を進める。もうあとは盛り付けのみで完成だ。

「二人ともなにしてんの。門限破りでしょ」

ただでさえ八つもの弁当を一人で一気に作るのはたいへんだ。汗をかきながらご飯をよそっていると、また別の女性の声が聞こえた。

「うわっ、見つかった」

玲奈の大きな声にさすがに顔をあげると、キッチンカーの前に立つ二人のうしろにもう一人、ショートボブでショートパンツから生脚を出した女性が立っていた。

緩めの長袖Tシャツを着ていて、ぱっと見た感じ高校生に思えた。

「八時以降は外出禁止なのに、どうして守れないのっ」

ショートボブの少女はどう見ても玲奈と亜矢よりも年下だが、まるで母親のような怒りかたをしている。

「いいでしょ、お弁当買いにきただけなんだから。すぐに戻るって。だいたいなによ今時、八時って」

玲奈はブーブー文句を言っている。確かに女子寮とはいえ二十一世紀のいま、門限が八時とは聞いたことがない。

「それがルールだから仕方ないでしょ。はい、帰りましょう」

少女はけっこう小柄な体格だが、玲奈と亜矢の首根っこを摑《つか》んで引っ張っていこうとする。

「えっ、お弁当は？」

もうフタもしてあとは袋に入れるだけの状態のお弁当が八つ、いまからキャンセルになったのではたまったものではない。

「しかたないわね。迷惑になるのでお弁当は受け取っていいわ」

「やったあ、サンキュー」

難しい表情をした圭太と二人を交互に見ながら少女が言うと、玲奈が手を叩いて喜んだ。

「はいお待たせしました。亜矢ちゃん、そちらは」

圭太もキッチンカーの調理場から降りて、直接、亜矢と玲奈に二袋に分けた八つのお弁当を手渡した。

そのとき亜矢のことを下の名前で呼んだのを聞いて、少女がいぶかしげな顔になる。

「この人は圭太くん、実家がお隣同士なのよ。今日は偶然の再会なの」

「そうですか。私は一花《いちか》。美谷《みたに》一花です。母が寮母をしているので脱走した二人を探していたんです」

少し警戒は解《と》いた風だが、それでも距離がある感じで圭太を見ながら、一花は頭を下げた。

「これはご丁寧に。中村圭太です。若いのにしっかりしてるね」

自分が高校生のころにはこんなにちゃんとした挨拶が出来ただろうかと思うくらい、一花はきちんとしていた。

「これでもいちおう、同じ大学の一回生ですから。挨拶くらいは出来ます」

少しむっとした風に一花は圭太を睨んできた。一回生ということは十九歳だろうか、幼く見られたのが気に入らない様子だ。

「すいません、あっこれ、賞味期限が明日までだから、よかったら食べて」

長袖Tシャツにショートパンツ姿のせいもあるだろうが、子供が拗《す》ねているようにしか見えない一花に、圭太は慌ててキッチンカーの受け渡し口でもある窓のそばに置いてあるクッキーを手渡した。

時間があるときはオーブンで焼き菓子を作って販売もしているのだ。

「えっ、いいんですか。うそ、もらっていいの」

五枚ほどのクッキーの小袋を受け取った一花の顔が、急に明るくなった。

よく見ると丸顔で瞳が大きく、唇も整った可愛らしい顔をしている。

「いいよ。じゃあ、二人にも、美谷さんにはもう一袋。あんまり怒らないであげてね」

お菓子を手にしたとたん、急に態度が軟化した一花に二つ目を、亜矢と玲奈にも一袋ずつ渡して圭太は言った。

「しょうがないですね。今回は見逃します」

あきらかにお菓子につられているのだが、一花がそう言うと亜矢と玲奈はほっとした顔になった。

「ごめんね圭太。門限破りは反省文提出なんだ」

弁当が入ったビニール袋を持ちながら亜矢が頭を下げてきた。近くで見ると以前にもまして美女になっているように思える。

ほとんど化粧しているいる感じがないのに切れ長の瞳のまつげが長くて、女の色香を感じさせた。

「いいよ。こちらこそありがとう。あっ、昼間は他でやってるから、よかったら来て。それなら門限も関係ないでしょ」

圭太は昼間に出店している場所の地図が書かれたチラシを亜矢に手渡した。

はっきり確認したわけではないが、確かS女子大は二駅ほどの距離だったはずだ。

「うん、またね圭太」

魅力的になった笑顔を見せながら、亜矢は圭太に手を振った。

「あーお腹空いた。まだいける？　圭太さん」

午後一時、お昼の弁当販売の時間も終わり、帰り支度をしようとしたとき、玲奈が自転車に乗って現れた。

上下ジャージ姿で、背中にS女子大のバスケ部の名前がプリントされている。

「材料はまだあるから、ちょっと待ってもらえたらいけるよ」

あらかじめ作っていたお昼用の弁当は売り切ってしまったが、キッチンカーには夜用の材料も積んであるので調理をしたら出せる。

「いいよー、午後の講義が空いちゃって二時間ほど時間あるから」

バスケ部の練習はあるが、それまでは暇だと玲奈は言った。乗っている自転車も部のもので、チラシを見て圭太のところで昼食を取ろうと来てくれたようだ。

「どうせなら、ここで出来たてを食べていく？」

昼にキッチンカーを出している場所はうしろに建つビルの私有地だが、歩道と繋《つな》がった石畳のスペースで車を止めても余裕がある。

テーブルとイスを置けば、屋外になるがここで食事するのも可能だ。

「うん、そうする」

通りに面しているので人目は気になるが、すぐそばにはオープンカフェもあり、そこまで神経質になる雰囲気でもない。

街路樹の陰に折りたたみ式のイスとテーブルを出して、そこに座ってもらった。

「はい、サラダとスープはサービス」

お弁当専門の昼営業のときは提供していないが、材料はあるのでスープとサラダを作って出した。

「美味しー、この前のお弁当もすごく美味しかったよ」

まだメインのハンバーグは出ていないのに玲奈は笑顔を見せている。ここまで喜んでもらえると作るほうもやる気が出てくるというものだ。

「ありがとう、じゃあ白身のフライもおまけしとくよ」

今日の日替わり弁当に入れていた白身魚のフライが少し余分にあったので、それとハンバーグ、そしてご飯も大盛りにしてテーブルに置いた。

「ありがとう。亜矢も美味しいって言ってたよ。うーん、このタルタルソースもいい」

「へえ、亜矢ちゃんがね」

亜矢にあまり褒められた記憶がない圭太は、さらに嬉しくなった。

「うん、あの頼りない圭太が、こんなに美味しい料理を作れるようになるなんて、って」

笑顔の美女がほおばりながら言ったセリフに、圭太はがくっとなった。美しく成長した幼馴染みだが、中身は相変わらずのようだ。

「ねえ圭太さん、折り入ってお願いがあるんだけど」

お皿に盛られたランチを半分ほど食べ終えた玲奈は、ジャージの長い脚を揃えてそばに立つ圭太に向き直った。

「えっ、なに？」

なんだか意味ありげな感じに、圭太は少し後ずさりした。幼馴染みの亜矢の中では子供のころの頼りない少年のままで止まっている感じだが、二十六歳になるからそれなりの恋愛経験も積んでいる。

女性がこんな態度で頼んでくるときは、あまりいい思い出はなかった。

「あのー、なるべく夜の遅い時間に、寮までお弁当を届けて欲しいんだけど」

明るくて豪快な性格のイメージの彼女が、やけにかしこまって頼んできた。

「えっ、そんなことでいいの？　あそこの駐車場の営業が夜の十時までだからそのあとなら届けに行くよ」

圭太のほうは拍子抜けしていた。寮は夜の営業をしている立体駐車場からほど近い場所だと聞いていたので、帰り道にお弁当を届けるくらい簡単なことだ。

「それが、入口が使えないので……出来れば窓から入ってきて欲しいかなと……」

「へ？　窓？」

お安いご用だと思っていたが、窓から入れとはどういうことだろうか、女子寮に窓から侵入するなど変質者ではないか。

「うちは夜八時が門限なの。玄関の鍵も閉じられるから、出前も取れなくて」

両手を顔の前で合わせて、玲奈はそう頼み込んできた。

確かにこの前、彼女たちが夜に寮を抜け出してお弁当を買いに来たときに、少し引っかかってはいた。いまの時代、スマホで使う出前アプリなど無数にあるのに、なぜそれを利用しないのか不思議だったが、門限だったとは。

「いや、さすがに窓はちょっと……」

事情はわかったがあきらかに犯罪だ。さすがに独立したばかりで警察のご厄介《やっかい》になりたくはなかった。

「お願い、お腹が空いて死にそうなのよ、もうカップラーメンやコンビニ弁当ばっかりはいやだ」

玲奈は圭太の白衣の両袖を摑んですがりつくように訴えてくる。

「ちょ、ちょっと玲奈ちゃん、ここ道路だから」

この前のときに下の名前で呼んでくれと言われていたので、そう彼女を呼びながら圭太は周りを気にした。

昼間のオフィス街の歩道に近い場所。周りにはスーツ姿で歩く人たちが行き交《か》っているのだ。

長身の女がコックスーツの男にすがりついている様子を、いぶかしげに見ている人も中にはいた。

「お願い、助けると思って」

大げさに思うが玲奈はいたって真剣な様子で、瞳には涙も浮かんでいた。

プロのチームに入るというだけあり、彼女の腕力はかなり強く、摑んだ腕から逃れることが出来ない。

「わかったから、とりあえず一回だけなら行くから、もう離して」

こんな姿をうしろの会社の人に見られたら、ここを貸してもらえなくなるかもしれない。

もう圭太はどうしようもなくなって頷《うなず》くしかなかった。

（こんな泥棒みたいなことをするはめになるなんて……）

人生はいろいろなことが起こるというが、真面目に料理修業を積んできた自分がまさか女子寮に侵入するとは考えもしなかった。

だが圭太は、いま黒ずくめの服を着て夜の公園に立っていた。

（なんとか人目にだけは……）

玲奈と亜矢が住む女子寮は玄関が道路に、反対側のベランダのある窓が公園に面していた。

公園との境にあるフェンスを利用してベランダに足を掛ければ、それほど難しくないと玲奈は言っていたが……。

「確かに難しくはないけど、こんなの見つかったら終わりだろ」

ブツブツ文句を言いながら、服と同様に黒のリュックを背負った圭太はフェンスの手前にある大きな木から寮の様子をうかがった。

最近は寮に入る学生がS女子大では減少しているらしく、ここも規模は大きくない。

三階建ての建物の一階は食堂とお風呂と管理人用の部屋。二階と三階に個室が四部屋ずつだと言っていたから住人も少なめだ。

玲奈の部屋は二階だが、真上が寮母の娘でもある、うるさい一花の部屋なので、充分に注意してくれと言われていた。

「注意するもなにも、外を見られたら終わりだってえの」

玲奈の部屋の隣は亜矢が住んでいるらしいが、今回は伝えないでくれと念を押した。

とにかく一度行ってから考えると。

(まさか亜矢ちゃんに、迷惑を掛けるわけにもいかないしな……)

同じようにお腹を空かせている亜矢の分もと玲奈には言われたが、もしバレたりして学校から処分を受けたりするようになったときには、巻き込みたくはなかった。

(というか、そうなったら俺も終わりだけどな……)

変質者として裁かれてしまうのだろうか。玲奈はそうなったら自分が全責任を取って警察には行かせないと言っていたが。

「まあそこまで俺の料理を食べたいと言ってくれるのは、嬉しいんだけどな」

圭太は周りと上空をよく確認して公園のフェンスによじ登った。目の前の窓は食堂らしいが曇りガラスになっているので見えないし、灯《あか》りもすでに消えていた。

ベランダの物干しに目印として大きな黒のバスタオルが干されている。そこの鉄柵を摑んで足を引っかけると簡単に入ることが出来た。

（いいのかね、こんな簡単に入れて……）

これでは変質者が入りやすいように思えるが、玲奈の話だと来年には対策用に市が、よじ登れないフェンスに入れ替えるそうだ。

ベランダの柵を越え、圭太はサッシの窓を軽く叩いた。

「ありがとう、圭太さん」

部屋を間違ってはいないはずだったが、玲奈の声を聞くまではドキドキした。

サッシががらりと開いて、Tシャツにショートパンツ姿の玲奈が現れたときは、ほっと胸を撫で下ろした。

「緊張で心臓が止まるかと思ったよ。ええっ、早っ」

玲奈の部屋に入り、けっこう簡素な家具に鉄アレイが転がっている運動部男子のような空間に驚いていると、玲奈はもう弁当のフタを開いていた。

「だってお腹が減って死にそうだったんだよ。いただきます」

小さなテーブルの上に弁当を置いて玲奈は早速食べ始めた。長い脚をきちんと正座させているのが、意外にも奥ゆかしい。

「美味しい、ん、んく」

慌てておかずのトンカツとご飯を交互に食べだした玲奈は、早速喉《のど》に詰まらせる。

「落ち着けよ。ほらお茶」

あまり売れないが、いちおうペットボトルのお茶もキッチンカーには常備しているので、それを一本持ってきていた。

「あっ、ありがとう」

紙コップも用意していたが、玲奈はもう直接、口飲みでゴクゴクと飲み干している。行儀がいいのか悪いのかわからない。

「ああ、でも美味しい、幸せ」

ショートカットで瞳が大きな顔をほころばせて、玲奈は白い歯を見せる。

「そう言ってもらえると俺も嬉しいよ」

すれすれというか、ほぼ犯罪の侵入までさせられたが、長身美女が笑顔で自分の料理を食べている姿を見ると、圭太も幸せな気持ちになった。

「ああ、食べたわ、ごちそうさま。お勘定は？　圭太さん」

あっという間に三つも用意していた弁当を平らげた玲奈は、満足そうにTシャツのお腹を叩いて言った。

リラックスして伸ばされた、ショートパンツから伸びる真っ白な長い脚がなんとも艶《なま》めかしい。

「千円でいいよ。今日のご飯は、ばあちゃんちからもらった分を使ったし」

圭太の母方の実家は米農家をしていてお米はそこから仕入れている。一緒に、あまり見た目のよくないお米も無料でもらう。

それらはすべて自分用にしているが、味は問題ない。

学生の彼女はあまりお金もないだろうと、今日はそのお米を使っていた。

「ええっ、そんなに安いはずないでしょ」

「大丈夫だよ。ちゃんと赤字にはならないように工夫してるから」

おかずもメインのトンカツやハンバーグは別にして、付け合わせや野菜などはどちらにせよ今日中に食べないといけないものだから、捨てるよりはいいと説明した。

「そうなの、ありがとう。じゃあお金とは別にお礼をするね」

無邪気な笑みを見せた玲奈は千円札をテーブルに置いたあと、いきなり自分が着ているTシャツを脱いだ。

「えっ、ちょっと、な、なにやってんの」

彼女の突然の行動に面食らって、圭太は呆然と口を開けフローリングの床に尻もちをついた。

ショートパンツから伸びる生脚をあまり見ないようにしていたのに、いきなりピンクのブラジャーと少し筋肉がついた肩や引き締まった白いお腹が目の前にきた。

「だって、食欲を満たしたら、次は性欲でしょ」

ショートパンツも脱ぎ捨てブラジャーとお揃いのピンク色のパンティを晒《さら》しながら、玲奈はへたり込む圭太の前で四つん這いになった。

そして圭太の黒いズボンの前を外していく。

「そんなの聞いたことないぞ。ちょっと待って、うわっ」

あっという間にファスナーが下ろされ、トランクスとズボンが同時に引っ張られる。さすがバスケットのトップ選手。素晴らしい動きだと思うが、感心している場合ではない。

「わっ、えっ、圭太さんって、こんなに大きいの？」

圭太の訴えなど完全に無視して肉棒を摑もうとしてきた下着姿の長身美女だったが、こぼれ落ちた逸物《いちもつ》を見て固まっている。

体格などはごく普通の圭太だが、肉棒はかなり大きいほうだ。初めての相手だった年上の女性に指摘《してき》されて知った。

「まだ柔らかいのにこんなに。大きくなったらどうなるんだろう」

初彼女以降、三人の女性と付き合ったが、皆、最初はびっくりして引いていた。

だから肉棒を出されるのはいやだという思いもあったのだが、玲奈はまったく怯《ひる》む様子もなく、唇を大きく開いて顔を寄せてきた。

「んんん、はむ、んんんん」

四つん這いのままショートカットの頭を圭太の股間に埋め、亀頭部に優しくキスをしてきた。

そのあと舌を絡《から》みつかせながら、ねっとりと吸いあげ始める。

「ううっ、仕事終わりだから汗くさいって……シャワーも、くううう」

男女が逆転したようなセリフを口にしながら、圭太は下半身だけ裸の身体をくねらせる。

温かい口内の粘膜が男の敏感な亀頭を包み込み、快感に腰が震えた。

「んんん、んく、なにも気にならないよ、わっ、もっと大きくなってきた」

いけないと思いつつも若い圭太の愚息は見事に反応して勃起《ぼっき》していく。膨張した肉茎は猛々《たけだけ》しく女子寮の部屋の天井を向いてそそり立った。

「固さもすごい、んんん、んく」

玲奈はさらに大胆に唇を開いて亀頭を飲み込んでいく。さらには舌を絡みつかせ頭を大きく振ってしゃぶり続ける。

「くうう、はうっ、激しいって、く、ううっ」

もう圭太は快感に足先まで痺《しび》れていて、尻もちをついた体勢のままでされるがままになっていた。

こんな美女にフェラチオされているというだけでもたまらないのに、玲奈はこれでもかとばかりに亀頭の裏に舌を押しつけ男の快感を煽《あお》ってくる。

そのあまりの気持ちよさに、いつしか圭太は溺れていた。

「んん……んく……あっ、なにか出てる、ふふふ」

激しいフェラチオに反応した亀頭の先端からカウパーの薄液が溢《あふ》れ出している。

いったん唇を離した玲奈は、にっこりと微笑んで、亀頭を流れていく白濁液《はくだくえき》を舌で舐《な》めとっていった。

大きな瞳を細めたその笑顔が、なんとも淫靡《いんび》で色っぽい。

「もう止まれないよ、玲奈ちゃん」

身体全体の肌がつやつやとしたアスリート美女の淫《みだ》らな攻撃に、圭太ももう欲望を抑えきれない。

こっそりと忍び込むだけでも犯罪行為なのに、さらにセックスまでという考えも浮かぶが、すぐに頭から消えていき、目の前にある白い背中に食い込むピンクのブラジャーのホックを外した。

「うん、もちろん最後まで……あっ、やん」

玲奈はブラジャーが開放されると一瞬だけ恥ずかしげな声を出したものの、自ら身体を起こして圭太を見つめてきた。

大胆な女が見せた一瞬の恥じらいに、圭太はさらに欲情をかきたてられた。

「大きいね、おっぱい」

四つん這いだった彼女を膝立ちにさせピンクのブラを脱がせていく。ぽろりとこぼれ落ちた双乳はかなりのボリュームがあるが、張りがあって丸みが強く、薄桃色の乳首がツンと上を向いていた。

「うん、Ｆカップあるの。練習のときとか揺れすぎちゃって」

男の圭太の手でも片手ではあまるくらいの巨乳は、彼女が息をするだけでフルフルと揺れている。

この乳房がバスケットのユニフォームの下で弾《はず》むのを想像すると、さらに欲情がかきたてられた。

「こんな感じかな」

　圭太はボリュームたっぷりの双乳を下から持ちあげるように揺らしながら、乳首を軽く指で引っ掻《か》いてみた。

「あっ、やん、そこは関係ないよ、あっ、はあん」

　張りが強めの二つの乳房がブルブルと波打って揺れる中で、ピンクの乳首がすぐに固く勃起した。

　パワフルで積極的なタイプの玲奈だが、意外と敏感なようで、乳首に触れただけで可愛らしい声があがっている。

「すごく勃起してるよ、玲奈ちゃん」

　わざと淫らな言葉をかけながら圭太は、乳首を軽く摘《つ》まんでみる。

「あっ、はあああん、だめっ、そんな風に、あっ、あっ」

　両の乳首をくりくりとこね回すと、玲奈はパンティだけの下半身をくねらせ、唇を半開きにしている。

　長身で気が強そうな彼女を自分の指が翻弄《ほんろう》していると思うと、圭太もさらに興奮してきた。

「玲奈ちゃん、もっと気持ちよくなって」

もう圭太も腹を括《くく》って身体を起こして、上の服も脱いで全裸になった。

そして彼女の背後に回って再び四つん這いにさせ、ピンクのパンティに手を掛けた。

「あっ、いやあん、全部丸出し」

鍛えられた筋肉に脂肪がのったヒップは形が美しく、そして巨大だ。

プリプリとした双臀《そうでん》を切なそうに揺らしているが、玲奈はとくに逃げようとはしていない。

「もう濡れてるよ、玲奈ちゃん。いやらしいオマ×コだね」

なんとなくだが、玲奈が恥ずかしい姿を見られることにも興奮しているように思えた圭太は、わざとヒップの割れ目を開いて彼女の女の部分を剝《む》き出しにした。

薄桃色をした秘裂はビラが小さくて清楚《せいそ》な感じがするが、中はもう愛液が溢れ出して媚肉《びにく》がヌラヌラと輝いていた。

「ああん、だって、ああっ、圭太さんがエッチに乳首いじるから」

四つん這いの身体ごと桃尻を揺らして玲奈が切ない声で訴えてきた。同時に開き気味の膣口とセピアのアナルが淫靡によじれた。

「じゃあここをいじったら、もっとエッチになるのかな」

圭太はもう息を弾ませている玲奈の顔を見つめながら、濡れた秘裂から飛び出しているピンクの突起を指で擦《こす》ってみた。

「あっ、はあああん、そんな風に、あっ、あああん、ああっ」

両手と両膝をフローリングの床に置いた玲奈の唇から、湿った息が漏《も》れる。

筋肉がついた肩が揺れ、上体の下でフルフルとFカップのバストが弾んだ。

「奥から溢れてきてるよ」

彼女の羞恥心をさらに煽るような言葉をかけながら、クリトリスを軽く指ではさんでしごきあげていく。

料理の世界で生きている圭太は、調理の際と同じように、セックスのときもあまり強くはせずに繊細な刺激を心がけていた。

「あっ、はああん、いい、あああん、クリちゃん、ああっ、エッチになっちゃう」

犬のポーズの身体をのけぞらせながら、玲奈は大きく唇を開いてよがり泣く。

白い肌はピンク色に上気し、圭太のほうに向かって突き出された桃尻が切なげに揺れている。

「ちょっ、ちょっと声が大きいよ。廊下に誰かいたら」

隣は亜矢の部屋だと聞いている。こんなに大声を出していたらさすがに丸聞こえではないかと心配になる。

幼馴染みであり、いまも親は隣同士で暮らしている亜矢に、こんな姿を見られるなど想像したくなかった。

「ああっ、ここ、もと音大の寮だったから、ああっ、防音されてるからあ、ああ、もう玲奈、おかしくなっちゃう」

音大ということは、部屋の中で楽器を演奏しても聞こえないくらいに壁が厚いということか。

それならば亜矢が、様子がおかしいと思って現れることもないだろう。

「じゃあそろそろいくよ」

ならばとことんまで目の前の、筋肉にほどよく脂肪がのった美しい身体を責め抜いても大丈夫だ。

圭太はクリトリスから手を離すと、四つん這いの下半身のうしろに膝立ちになって挿入態勢に入った。

「圭太さん、あっ、あああああん、大きい」

いきなりは挿入せずに媚肉に亀頭を馴染ませようとしているのに、玲奈はもう大きな瞳を泳がせて歓喜の表情を見せているようだ。

声も一気に大きくなり、形のいい巨尻がプルプルと波打っていた。

「あああん、奥に、はあああん、もっと奥に来てえ」

そしてじれたように四つん這いの身体を前後に動かして、圭太の巨根を求めてくる。

恥じらいながらも欲望を抑えきれない美女のヒップを鷲づかみにし、圭太は一気に怒張を押し出した。

「ひっ、ひあああああ、あああ、奥、あああっ、すごい、あああああん」

亀頭が膣奥に達すると同時に、全身を引き攣《つ》らせて玲奈は喘《あえ》ぐ。瞳は完全に蕩《とろ》けきり大きく開いた唇の奥にピンクの舌までのぞいていた。

「まだまだ入るよ」

玲奈の最奥にまで亀頭は達しているが、まだ怒張の根元あたりは膣外にある。

残り数センチ、圭太は一気に彼女の中に押し込んだ。

「はっ、はあああああん、なにこれ、ああっ、こんな奥に、ああっ、やばい、ああ」

ショートカットの頭を振り乱し、玲奈は頭を激しく振ってよがり狂う。

「深いいいいいい、ああっ、こんなに固くて強いの初めてえ、ああっ」

肉棒を入れただけなのに玲奈はもう完全に悩乱している様子だ。この美女のさらに乱れる姿を見たい、圭太はその思いでピストンを開始する。

「ひうっ、ああっ、すごい、ああっ、ああっ、私、ああっ、牝犬《めすいぬ》になってる」

四つん這いの体勢のことを言っているのか、それとも快感にすべてを飲み込まれているると言いたいのか、肉棒が出入りを始めると玲奈はそんな言葉を口にした。

「そうだよ、スケベな犬みたいだ。もっと泣いていいよ」

自ら卑猥《ひわい》な言葉を口にすると玲奈はさらに興奮するのか、長身の身体がさらに赤く染まっていく。

圭太もそれに煽られながら、激しく腰を動かし怒張を膣奥に突きたてた。

「あああん、はあああん、このおチ×チンが大きいからあ、この大きいのが玲奈を動物にするのう、あああああん、ああっ、もうイッちゃう」

圭太の腰の動きが激しくなり、二人の股間がぶつかる音が寮の部屋に響き渡る。

フローリングの床に爪を立てながら、玲奈は限界を叫んで四つん這いの身体をのけぞらせた。

「いいよ、イクんだ玲奈ちゃん」

全身で感じまくる長身美女のヒップに、圭太は体重も乗せて自分の腰を叩きつけた。

血管が浮かんだ肉竿がぱっくりと開いた膣口を高速で出入りし、掻き出された愛液が飛び散った。

「ああああっ、ああっ、イク、あああっ、玲奈、ああっ、イクイク」

快感にすべてを飲み込まれたように、蕩けきった表情を見せた玲奈は、両手が床から離れるほど背中を反《そ》り返らせる。

「はあああん、すごいいいい、イクうううう」

膝立ちとなった身体の前で張りの強い巨乳を弾ませながら、玲奈は汗ばんだ肌を引き攣らせてのぼりつめている。

快感の波が断続的に襲ってきているのか、鍛えられた長い脚がよじれるたびに、開きっ放しの唇から絶叫があがった。

「はうっ、ああっ、はああん、あっ、あ……」

何度か絶頂の発作を繰り返したあと、玲奈はがっくりと頭を落として床の上に崩れ落ちた。

手脚の長い身体が投げ出され、肉棒がずるりと抜け落ちた。

「ああ……私……すごく恥ずかしい姿を晒しちゃった……」

半開きの唇から弾む息を漏らしながら、玲奈は瞳を泳がせている。

(確かにすごかったな……アスリートは性欲も強いのか……)

圭太は三十代の女性とも、年下の女性とも関係を持ったことがあるが、玲奈の貪欲《どんよく》さは桁違いのように思える。

圭太が巨根をどれだけ強く振りたてても、それをすべて受けとめて快感に変えていた。

「はあはあ、まだ圭太さんは気持ちよくなってないよね」

しばらく視線をさまよわせていた様子の玲奈だったが、自分の愛液に濡れ光る圭太の肉棒を、妖しげな目つきで見つめてきた。

「え、いや、俺は別に」

「いいから、そこに寝て」

さっきまで息も絶え絶えだったというのに、驚くべき回復力を見せたアスリート美女は、少し引いている圭太を引きずるようにして部屋にあるベッドにつれていく。

そして仰向《あおむ》けに横たわらせた圭太の腰の上に、玲奈は少し薄めの陰毛を晒して跨がってきた。

「こんどは私から、ね。あ……」

プリプリとした大きなヒップをいまだ屹立したままの怒張におろしてくる。

亀頭が濡れた膣口に触れるのと同時に、玲奈はしなやかな上半身をのけぞらせ、Fカップがブルンと揺れた。

「くうっ、玲奈ちゃん」

再び亀頭を包んできた媚肉の温かさが伝わってきて、圭太は思わず声をあげてしまった。

そのまま玲奈は身体を一気に沈めていき、肉棒がすべて彼女の中に飲み込まれた。

「あっ、ああん、いい、あっ、はああん、奥、すごく深いよ」

うっとりとした瞳で圭太のほうを見つめながら、玲奈は自ら腰を動かして怒張を貪《むさぼ》ってきた。

ベッドがギシギシと軋《きし》む音と、彼女の荒い息づかいが部屋にこだまする。

「ああっ、はあああん、いい、ああっ、こんなに深くまで来てるの初めて」

もう完全に巨根に酔いしれた様子の玲奈の動きは、どんどん激しくなる。圭太よりも大きな身体が上下に大きく動き、巨乳が別の意思でも持ったかのように踊った。

「ううっ、ううっ、激しいっ……うう」

身体を鍛えているおかげもあるのか、彼女の媚肉は締めつけがきつく、肉棒の根元から先端までグイグイと締めあげている。

そのまま逆ピストンの形でしごきあげられ、快感に全身が震える。圭太もこんな経験は初めてだった。

「だって、あっ、ああああん、こんな強いおチ×チン、ああっ、すごくて、あっ」

玲奈は少し意識も朦朧《もうろう》な感じで、唇を半開きにしたままもう夢中といった様子だ。

「れ、玲奈ちゃんって、ご飯もたくさん食べるけど、よく眠るほう？」

セックス中にこんなことを聞くのもなんだと思われるかもしれないが、圭太はどうしても気になって口にしてしまった。

「え、あっ、あああん、ああ、練習あるからいつも早寝だよ。ああっ、中学のときは寝過ぎて身長が伸びるのが止まらなかったよ、あっ、ああ」

少し虚《うつ》ろな感じの玲奈は、聞かれるがままにそう答えた。

（三大欲求の権化《ごんげ》だ……この子……）

人が生きていくための食欲と睡眠欲。そして子孫を残すための性欲。

いずれもなくてはならないものだと学校でならったが、この子は特別にそれが強いように思う。

（野性が強いのかな……く……）

欲望のままに貪る玲奈の激しく弾む乳房と、先端で固く尖りきったピンクの乳頭を見つめながら圭太は快感に顔をしかめた。

欲望のほうもすごいが、身体全体を上下に動かし続ける体力も桁外れだ。

「くうう、玲奈ちゃん、俺ももうイクよ」

もちろん肉棒は濡れた媚肉にずっとしごかれ続けている。快感に根元まで痺れきり暴発寸前だ。

「ああっ、あああん、私も、またイッちゃいそう。ああっ、あああ」

大きく唇を割り開いて玲奈は背中を弓なりにした。彼女の肉体にも快感が駆け巡っているのだろうか、圭太の腰に跨がる長い脚や脂肪の少ないお腹が絶えず震えていた。

「出るときは、私が抜くから、あああん、圭太さんの好きなときに、あああ」

膣内で射精するのはさすがにまずいと考えていると、息づかいの激しい玲奈が振り絞《しぼ》るように訴えてきた。

「うっ、うん、いくよ、おおお」

喘ぎながらもまだ体力に余裕がありそうな彼女に任せようと、圭太も自ら腰を使って肉棒を突きあげた。

「ああん、すごい、ああっ、ああ、イク、あああっ、玲奈、またイッちゃう」

ベッドの反動も利用しての圭太の突きあげに玲奈は見事に反応し、身体を少し前屈みにしたまま快感に溺れていく。

肩幅のある上体を丸くしたことにより、Ｆカップの双乳が真ん中に寄せられて、ぶつかりながらバウンドした。

「は、はうっ、イッ、イク」

　一回目とは違い白い歯を食いしばり、嚙《か》みしめるように玲奈はエクスタシーに達した。白い肌がビクビクと痙攣《けいれん》して波打った。

「くう、俺も、出る」

　彼女がイッた瞬間に媚肉の締めつけもギュッと強くなった。圭太もたまらず射精態勢に入った。

「あっ、あああん、イッてる、あああ、すごい、ああん」

　もう精子が飛び出しそうな瞬間になっても、玲奈は圭太に跨がる長身の身体をよじらせながら快感に酔いしれている。

「れ、玲奈ちゃん、出るって、くう」

「いっ、いけない」

　圭太の叫び声にはっとなった玲奈が、慌てて腰をうしろにずらした。

　肉棒が彼女の股間から飛び出すのと同時に白い精液が飛び出していく。騎乗位で跨がる玲奈の下腹の前から垂直に精液が吹きあがる。

「イクっ、うう」

　快感が強かったせいか、かなり粘りの濃い白濁液が巨乳や彼女の顔面にまで達した。

「ご、ごめん、くうう、ううう」

顔にまで精液を浴びせていることを謝る圭太だったが、射精はもう自分の意志では止められない。

三度、四度と精が迸《ほとばし》り、Fカップの巨乳や彼女のあごや頬《ほお》を白く染めていった。

「うふふ、いいよ。なんだかエッチな匂いがしてる……」

顔面に精液が滴《したた》っても玲奈はうっとりとした顔で見せ、さらには唇の周りについたものを舌を出して舐めとっていく。

「玲奈ちゃん」

その目つきがなんとも妖しく、圭太は快感に震えながら呆然と見あげる。

「あん、圭太さんのおチ×チンすごすぎ……精子も濃いし……」

淫情を剝き出しにしたアスリート美女はあごについた精子まで指で拭《ぬぐ》って舐めとりながら、妖しく腰をくねらせるのだった。

第二章　よく食べる美女と快楽を

（よく考えたら、バレたらとんでもないことになるんじゃ）

窓から侵入して弁当を届けるというのももちろん犯罪だが、それだけなら謝ればなんとか許してもらえるかもという希望はある。

だがそれに加えて女子学生とセックスをしていたとなると、とてもじゃないが即通報されて手錠を嵌《は》められるのは免《まぬが》れなさそうだ。

「あっ、あああん、いい、そこ、あああっ、深いとこ、ああっ、はうう」

初めて寮に侵入して、はや一週間。今日こそは弁当を置いてすぐにおいとましようと思ったが、がっちりと肩を摑まれ引き留められた。

「今日は運動してからのお食事にしようっと」

そんなことを言いながら、玲奈は豪快に服を脱ぎ、圭太のズボンを引き下ろした。

かくして二人は今日は食べる前に繋がりあっていた。

「ああん、いいっ、あああっ、はああん、すごい、ああっ」

ベッドにあがるのも許してもらえず、圭太は裸のお尻をフローリングの床について座り、膝の上に同じく全裸の玲奈の身体を乗せて突きあげている。

彼女は圭太に背中を向ける形で跨がり、真下から怒張を受け入れてよがり泣いていた。

「ああっ、はうん、あっ、ああっ、いい、ああっ」

玲奈とこうして行為に及ぶのも、すでに三回目。なんと今日からは避妊薬を飲んでいるので遠慮なく中出しして欲しいと言ってきた。

(つくづく欲望に忠実だよな)

聞いたところによると、彼女はバスケット選手としてかなりの実力者のようで、いずれは日本代表の可能性もあるらしい。

野性的でスピーディーなプレイが特徴らしいが、セックスのほうもまさに獣のように性欲を剝き出しにしてくる。

圭太もそんな彼女に煽られるように巨根を突きあげ、Fカップのバストを揉《も》んで乳首をこね回した。

「ああん、おっぱいもいい、もっと強くして、ああん、圭太さん」

されるがままにピストンに身を任せながら、玲奈は肩越しに顔を向けてきた。その目はさっきまでの勇ましさすら感じるアスリートのものとは違い、うっとりとすがるような目だ。

「こ、こうかい？」

圭太は張りの強い双乳を強く手のひらで揉みながら、指で乳首を摘まんだ。我ながら器用だと思うが、ピストンも休んでいない。

「ああぁん、いい、気持ちいい、ああっ、もっと強くしてぇ」

快感にのけぞりながら、玲奈はさらに要求してきた。乳房がかなりいびつに歪むくらいに揉んでいるというのに。

（マゾッ気まであるのかな……）

性にも積極的な玲奈は男を責めるのが好きなようにも見えるが、感じ始めると男に翻弄されたいような願望を剝き出しにする。

これ以上は痛いのではと思うが、彼女の激しい昂《たか》ぶりに煽られた圭太は、乳房が潰れるくらいに摑み、指で乳首を引っ張った。

「あああん、それえ、あああっ、いいっ、はあああん」

乳首が伸びるくらいに強く引いた。玲奈は絶叫に近い声をあげながら、圭太の股間に跨がりながら、だらしなく開いた両脚を引き攣らせる。

同時に圭太の巨根を飲み込んだピンクの秘裂の上側から、ピュッと水流が迸った。

「あっ、ああっ、ああああん、出てる、ああっ」

乳首を刺激しながら怒張のピストンも続けている。ぱっくりと開いた膣口に太い肉茎が突き刺さるタイミングで水流が何度も飛び出し、玲奈はさらによがり泣く。

(ハメ潮？)

アダルトビデオで見たことがあるが、玲奈はセックスをしながら潮を吹きあげている。

こんな経験は圭太ももちろん初めてだ。

「あああっ、止まらない、あああああん、ああっ、乳首も、ああ、気持ちいい」

背面座位で圭太に跨がった脚を大股開きにしたまま、玲奈は防音でなければどうなっているかと思うような絶叫を響かせている。

彼女の言うがままに乳首を強く引っ張るとまた潮が吹き出した。

「ああん、すごく気持ちいい、圭太さん、ああん、ああ」

筋肉がついた背中を圭太に預けて、玲奈は恍惚《こうこつ》と悦楽《えつらく》に酔いしれている。

そういえばネットで玲奈の記事を見たときに、大学バスケ界のアイドルという風に紹介されていた。

　そんな美女を自分がここまで蕩けさせていると思うと、圭太もさらに燃えた。

「あうっ、だめ、あああっ、また出ちゃう」

　乳首を摘ままれるたびに玲奈は背中をのけぞらせ、ハメ潮を吹きあげる。

　白い身体がビクビクと痙攣し、もうフローリングには水たまりが出来ていた。

「玲奈ちゃん、すごいよ」

　圭太の興奮もピークに達し、力の限り膝の上の張りの強い巨尻を突きあげた。

「あああっ、すごい、あああん、奥、ああっ、ク、イッちゃう」

　乳房を持つ圭太の腕を強く握り、玲奈は限界を叫んだ。

「はうううん、イクうううう」

　白い歯とピンクの舌を見せながら絶叫し、玲奈は最後の一吹きとばかりに派手に水流を吹きあげた。

　ショートカットの頭がうしろに落ち、白く長い脚がピンと伸びきって痙攣する。

「くうう、俺も、ううっ、イク」

　腕を掴んでいる玲奈の指が強く食い込んで爪が立てられた。その痛みを合図に圭太も絶頂に達した。

避妊薬を飲んでいると聞いているので、濡れた膣奥に亀頭を突きたてながら熱い精を放った。

「あああん、はうっ、ああっ、ああっ、圭太さんの精子、ああっ、熱い」

精液が発射されるたびに開かれた内腿を引き攣らせながら、玲奈は大きな瞳を妖しくさまよわせている。

膣奥に射精されるのも快感に変わっているのか、彼女の媚肉がさらに強く肉棒を締めあげてきた。

「くうう、ううっ、すごい、まだ出る」

その搾《しぼ》り取るような膣肉の締めあげに、圭太は快感に腰を震わせながら何度も精を放ち続けた。


あまりにも激しいセックスをした二人はしばらく呆然としていたが、ようやく自分を取り戻し、フローリングに広がった潮の水たまりを拭《ふ》き取った。

「ああ美味しい。運動のあとのご飯は最高だよ」

ただ片付けを終えてもまだ射精の疲れでぼんやりとしている圭太に対し、玲奈はさっさとお弁当を食べ始めた。

このあたりはさすがというか、とんでもないタフさだ。

「冷《さ》めちゃったね」

いつもリュックに入れる前に保温袋に入れてから持ってくるので、さすがに冷たく感じるほどではないだろうが、それでも温かいというわけではないはずだ。

「冷めてても美味しいよ。さすがだね」

唇の横にご飯粒をつけながら、勢いよく食べ続ける玲奈が無邪気に笑った。

バスケ界のアイドルと言われる華《はな》のある笑顔と、先ほどまでの淫婦そのものの喘ぎ顔とのギャップがすごい。

(その唇で俺のをしゃぶってたんだよな……)

油がついて濡れ光るピンクの唇。その中にさっきまで自分の肉棒が入っていたのかと思うと、圭太は妙に興奮してきてごくりと唾《つば》を飲み込んだ。

「玲奈さん、ちょっといい？」

疲れ切っているはずの自分の股間に、また血液が集まりだすのを感じたとき、急にドアがノックされて圭太は飛びあがった。

「亜矢だ……！　ここに隠れて圭太さん」

慌ててクロゼットの扉を開いた玲奈に、圭太は背中を押されて中に押し込まれた。

「どうしたの？　亜矢」

冷静な風を装《よそお》って玲奈は部屋の扉を開いたようだ。クロゼットの中にいる圭太はドアの隙間から部屋を見ているが、入口のほうは見えないから声のみだ。

「お腹空いちゃって……。なにか食べ物置いてませんか？」

なんと亜矢は夜食を求めて玲奈の部屋にやって来たようだ。そういえば玲奈が大食い同士よく食べ物を分けあっていると言っていた。

「あれっ、なんですか、それ」

「あっ、ちょっとお弁当を……」

扉を開いたらすぐに部屋という構造なので、亜矢はすぐにテーブルの上にあるお弁当に気がついた様子だ。

「こ、これ、この匂い……」

早足で部屋に入って来た亜矢はテーブルの前に膝をついて、食べかけのお弁当の匂いを嗅ぎ始めた。

（な、なにやってんだ……）

犬のように鼻を鳴らす幼馴染みをドアの隙間から見つめながら、圭太は呆然となる。

「圭太のお弁当でしょ、これ……。絶対そう。なんであるんですか？　一人で買いにいったんですか？」

「いや、その、それは」

玲奈の両腕を掴んで、亜矢はマシンガンのように質問を浴びせている。

その勢いに玲奈もタジタジだ。

（匂いでわかるのかよ……）

嗅覚がすごいのか、それとも食べ物に対する執着心が強いのか。こんな子だったっけと圭太はドアの隙間から見ながら驚くばかりだ。

「今日の晩ご飯のときはそんな話してなかったのに、なんで」

「ええと、それは……あの」

亜矢の勢いに押されて困り果てた感じの玲奈が、クロゼットのほうをちらりと見た。

「えっ、なにかあるんですか、そこに」

その目線にめざとく気づいた亜矢が、玲奈の身体からを手を離してクロゼットの扉を開いた。

「け、圭太」

「すいません」

狭いクロゼットの中にいた幼馴染みに目を丸くする亜矢に、圭太はもう謝るしかなかった。

「へえー、それで窓から入ってお弁当を」

数分後、三つあったお弁当のうちのひとつを食べている亜矢の前で、圭太と玲奈は並んで正座していた。

亜矢はそんな二人をちょっと怖い目で見ながら、箸《はし》を動かしている。

「ああ、最後の一個なのに……」

ちゃんと話を聞かせろと言った幼馴染みに、無意識に正座してしまった圭太に付き合って、自分も同じように座っている玲奈が名残惜《なごりお》しそうに言った。

「口止め料です。一人だけ圭太にお弁当を届けてもらうなんて」

「はい……そのとおりです」

二人の話だと、抜け出したら反省文。男を連れ込んだりしたら退寮だそうだ。

しかも健康上の管理をするために、夕食と朝食はなるべく寮で取らなければならないらしく、この前のお弁当も、お菓子をもらって機嫌がよくなった一花が見ないふりをしてくれたらしかった。

そんな前時代的な厳しい規則に縛られても、亜矢たちがここで暮らしているのは、食費光熱費込みの寮費が格安だからだと聞かされた。

「圭太も私に黙ってるなんて、ひどいよ」

さすが元生徒会長というところか、はっきりとした口調で圭太に説教してくる亜矢だが、口はもぐもぐとたえずハンバーグ弁当を食べている。

（よかった……お弁当の話だけで……）

亜矢の関心は食べ物にしかないようで、玲奈と圭太がセックスをしていたことには考えすら及んでいないようだ。

「ごちそうさま。わかってる？　圭太」

あっという間に最後のお弁当を食べ終えた亜矢が、可愛らしく両手を合わせた。

今日はTシャツにハーフパンツの部屋着姿の彼女だが、グラマラスな身体のラインが際立《きわだ》っている。

とくに胸の部分の膨らみは、Fカップだという玲奈以上に思えた。

「は、はい。わかってるよ」

その女っぽい肉体を圭太はどうにも意識してしまうが、向こうは相変わらず弟分としか見ていないように思う。

それが玲奈との関係がバレなくてありがたくもあり、少し悲しくもあった。

「あれっ、圭太、腕から血が出てるよ。どうしたの？」

お弁当のフタを閉めた亜矢が、圭太の腕にあるひっかき傷に気がついた。

「あ、あれっ、これは……そこから入るときに引っかけたかな？」

この傷はさっき絶頂した玲奈の爪でつけられたものだ。圭太は慌てて窓の外を見てごまかし、玲奈はまずそうに目線を伏せている。

「消毒しないとだめでしょ。玲奈さん、薬ある？」

「いいよ、別にこのくらい」

「だめ、ほら腕出して」

玲奈から薬を受け取った亜矢は、ひっかき傷に丁寧に塗《ぬ》っていく。

「ごめんな、ありがとう」

黒髪のロングヘアーをうしろで結んだ頭を下げてかいがいしく治療する幼馴染みの美しい横顔に、圭太は思わず見とれるのだった。


当然ながら翌日から、夜の弁当の注文が増えた。

三つだったのが六個になったリュックを背負い、黒ずくめの男は今日も公園と女子寮の間にあるフェンスをのぼった。

「待ってたよー」

ベランダから中に入ると、食事を待ちかねた子犬のように目を輝かせた二人の美女が、笑顔で迎えてくれた。

二人分になってから今日で五日目だ。

「いただきまーす」

二人とも明るく弁当を開いて、美味しそうに食べてくれる。亜矢も玲奈も大食いではあるが、食べ散らかすような感じではなく、ご飯粒のひとつも残さない。

そんな姿を見ていると、圭太は料理人冥利《みょうり》に尽きると思うのだ。

「圭太、遅くまでごめんね」

自分の分もと要求しておいてこのセリフはなんだと思うが、それでも亜矢が気遣ってくれるのは嬉しかった。

「いいよ、そんなに早く寝るわけでもなし、それにもう、おいとまするし」

圭太は苦笑いしながら美しい幼馴染みに言った。すると玲奈の顔がピクリと引き攣った。

（いやいや無理だって、なに考えてんだよ……）

食欲の次はセックス。そんな欲望に忠実なスポーツウーマンが、亜矢に気づかれないようにこちらを睨んでいる。

ただ今日は亜矢がいるというのに、行為など出来るはずがない。これからも亜矢の分も届けるというのに到底無理だ。

もちろんそれは玲奈もわかっているのだろうか、なんとも不満そうに圭太を見つめていた。

(俺のせいじゃないってば……)

睨まれてもこの状況は圭太のせいではない。彼女は食欲も性欲もほんとうに剥き出しだ。

(もしかして……亜矢ちゃんも……)

玲奈の隣でお弁当を食べる幼馴染みの姿が視界に入ったとき、圭太はふと彼女もまた食欲と同様に性欲のほうもかなり強いのではないかと考えてしまった。

二人の共通点は大食いとグラマラスな身体だ。そんな風に思うと、箸を動かすたびにフルフルと揺れているTシャツに浮かんだ巨乳や、今日は丈《たけ》の長いジャージのようなパンツを穿《は》いている、やけにむっちりとした下半身が気になる。

(いや……まさか)

ただ亜矢は玲奈のようにアスリートタイプではなく、真面目な文系の少女だった。

さすがにそれはないかと、圭太は幼馴染みに欲望の目を向けてしまった自分を反省した。

「ん？　どうかした、圭太」

もぐもぐと絶えず口を動かしながらではあるが、亜矢は圭太を見つめてきた。

切れ長の黒目の大きな瞳が透き通っていて、なんとも美しい。

「いっ、いやっ、そろそろ行くよ、俺」

玲奈の顔も怖いし、とりあえず逃げたほうがよさそうだと、圭太はサッシのほうに向かった。

もともと厳しい女子寮に侵入している立場なのだ。のんびり座っていられるような状況ではない。

「きゃはははは」

サッシを少し開けたとき、公園のほうから大きな笑い声が聞こえてきた。

なんだと思って見ていると、髪の毛を茶色に染めた十代とおぼしき男女が花火をしながらはしゃいでいる。

「まずいわね、さすがに」

同じように声を聞いたのか、玲奈も圭太の背後に来て公園を覗《のぞ》いた。

少年たちはかなり大声ではしゃいでいて、人数も七、八人はいる。夜も遅いとはいえ建物や街灯の光で真っ暗闇ではない。

ベランダから公園に降りようとすれば、さすがに彼らに気づかれてしまうだろう。

「どうしよう」

亜矢も困った顔をしている。彼らが花火を終えたらすぐに帰るという保証もないし、このまま朝までここにいるわけにもいかなかった。

「私たちで確認して、裏口から出てもらおうよ」

玲奈が床を指差して言った。一階の食堂横にある調理場に勝手口があるらしかった。

「それしかないですね」

玲奈も頷き、皆で準備を始めた。圭太も他に方法はないように思えたからだ。

ドアを開いて廊下を確認し、玲奈が忍び足で歩いて行って階段を見て手招きした。

「………」

三人とも声を押し殺して一階に降りて食堂に向かう。もう入浴時間も終わっていて、一階にいるのは寮母である一花の母親だけらしい。

S女子大の学生でもある一花は、三階の部屋が自室となっているのでそこにいるだろうとのことだった。

(静かに……)

音を立てないようにゆっくりと寮母の部屋のドアの前を通って食堂に向かう。

食堂はすでに灯りが落とされていて、真っ暗だが窓から差し込む外からの光でなんとか足元はうかがえた。

「ふうっ」

広い食堂を抜けて調理場に入るとようやく一息つけた。あとは裏のドアを開いて外に出るだけだ。

「誰っ、なにをしてるのっ」

玲奈がドアの鍵を開けてくれ外に出ようとしたとき、急に暗かった調理場が明るくなり、聞いたことのある少し高めの声が響いた。

「えっ、この前のお弁当屋さん……どうしているの？」

圭太たちも驚いて固まっているのだが、向こうも呆然となっている。

声の主は一花で、侵入者が知った顔だったことにびっくりしているのだ。

(だめだ、終わった……)

玲奈から、一花は超がつくくらいの固くて厳しい性格で彼女にだけは見つかったらまずいと聞かされていた。おそらくはすぐに警察を呼ばれるだろうと。

独立したばかりだというのにこれで自分も犯罪者かと、圭太はがっくりと頭を落とした。

「お弁当屋さんなのはわかってますし。この前お世話になったから、いちおう警察に通報だけはしませんけれど」

もう終わりだと思ったが、ショートパンツにTシャツ姿で仁王立ちした一花は思いの外《ほか》寛容で、圭太はほっと胸を撫で下ろした。

お世話になったとはこの前のクッキーのことだろうか。とにかく警察だけは勘弁してもらえるようだ。

「ただここの管理人であるうちの母には報告しないといけないので。圭太さんも一緒に来てください」

すいませんでした、さようならというわけにはいかないようだ。一花に言われるがまま圭太は玲奈と亜矢のあとをついて、先ほど警戒しながら前を通過した部屋に向かった。

(この子のお母さんって……どれだけ怖い人なんだろう)

娘の一花はしっかり者な分、かなり気が強い感じだ。その母親となればさらに輪をかけた恐ろしい人なのではないだろうか。

小学校のときのヒステリックな女の先生を思い出して、圭太はすくんでいた。

「どうしたの、一花ちゃん。あら、そちらのかたはお客様？」

管理人用の部屋のドアが開いて現れたのは、意外にものんびりした口調の優しげな女性だった。

カールの掛かったロングの黒髪に、きつめの瞳の一花とは違って垂《た》れ目の色っぽい目、厚めの唇をした美熟女《びじゅくじょ》だ。

どこか清楚な雰囲気もあり、薄手のカットソーにロングスカートが似合っていた。

「な、なに言ってんのよお母さん。こんな夜遅くに黒ずくめのお客なんかいるわけないでしょ。侵入者よ、玲奈さんがベランダからお弁当を届けさせてたの」

「あらら、お弁当屋さんなのね。そんなに悪そうな人には見えないものね」

「だから、問題はそれじゃないって。しっかりしてよ、もう」

寮母という立場を考えたら、少しは怒るなりしてもよさそうなものだが、一花の母はあくまでのんびりとしている。

「この性格だからいつも一花がカリカリしてるのよ。料理は美味しいんだけど」

母子のやりとりに驚いていると、圭太の耳元で玲奈が囁いてきた。

「とりあえずご挨拶を。美谷瑠璃子《るりこ》です。なんだか娘がお世話になったようで」

前の駐車場でお菓子をもらったというくだりから、事情の説明を受けた瑠璃子はお茶を出しながら丁寧に挨拶をしてくれた。

「あ、これはどうも。中村圭太です」

勝ち気な娘とは正反対にどこまでも穏やかな感じで、瑠璃子はテーブルの向こうに正座している。

両手でちゃんと椀《わん》を持ってお茶を飲む所作《しょさ》も美しい。

「なんでこうなってんのよ。まあもういいけど」

そんな母に一花は呆れている。強気な娘とのんびり屋の母。これはこれでバランスが取れているのかもしれないと圭太は感じた。

「でも、私の作る料理だと美味しくないのかしら、二人とも」

圭太の隣には玲奈と亜矢もいる。二人を交互に見つめながら瑠璃子が悲しそうな顔をした。

「そ、そんなことないです！　美味しいです、いつも」

「でも今日は……というかいつもですけど、夜はお腹が空いちゃうんですよ」

亜矢が慌ててフォローし、玲奈が照れくさそうにショートカットの頭を掻いている。

そう、料理がうまいまずいなど関係ない。この二人は単に大飯喰らいなのだ。

「そう、ありがとう。でも窓からはだめよねえ。周りのお家から通報されちゃうかもしれないし」

瑠璃子の言うことは少し的外れな気もするが、大人の意見としてもっともだ。

見つかったのが一花だったからよかったものの、外部の人間でなくとも他の寮生と顔を合わせたりしていたら、大騒ぎになっていたかもしれないのだ。

「まあ、ちょっとそこまでお弁当買いにいくのを許可してもらえたら……」

遠慮がちな感じで玲奈が言った。どうにかしてでも美味しい夜食を手に入れたいようだ。

「それは規則だからだめに決まっているでしょ」

一花がきつめの声で言った。真面目な彼女は規則を曲げるのは許せないようだ。

「じゃあこういうのはどうかしら。圭太さんにお弁当を届けてもらうときは、一花も立ち会って裏口まで受け取りに行くっていうのは」

「ほんとですか！」

瑠璃子の提案に玲奈と亜矢が色めきたつ。ただ圭太は違う意味でドキドキしていた。

（圭太さんって）

こんな美しい熟女が自分のことを下の名前で呼ぶだけで、圭太はなぜか胸が高鳴ってしまった。

もう入浴をすませているのか、あまり化粧っけもないのに、瑠璃子の白い肌は艶《つや》やかで、とても大学生の娘がいるようには見えない。

（スタイルのほうも……というか親子揃って）

カットソーの生地を引き伸ばしている巨大な乳房、緩めのロングスカートでもわかるくらいにムチムチとしたヒップ。

女の色香が全身から湧き立つような身体つきだ。

「ええ、どうして私が行かなくちゃいけないのよ」

文句を言いながら立ちあがった一花の胸元で、大きな膨らみがブルンと揺れた。

一花は女子大の水泳部で平泳ぎの選手だと玲奈が教えてくれた。ショートパンツから伸びる太腿の筋肉に脂肪がほどよく乗ってむっちりとしている。

身長が低めながらもグラマラスな身体に、可愛らしい少女のような顔のアンバランスさがまた男心を刺激した。

「いいじゃん、そのくらい。なんとか言ってよ、圭太さん」

反論する一花に玲奈が言い返しながら、こちらに話が振られた。美人親子に見とれていた圭太はビクッとなった。

「う、うん、まあ、クッキーも安く持って来られるかな」

びっくりするあまり変なことを口走り、圭太はしまったと思った。いまの話とはあまりに関係のない発言だ。

「ええっ、ほんとにクッキーも!?　いくらなの？」

皆に呆れられるかと思ったが、一花は目を輝かせて圭太の前に膝をついた。

「え、この前くらいの量なら、一袋百円でいいよ」

「うそ、ほんとに。それなら受け取りにいってもいいよ」

あからさまにお菓子につられているだけだと思うが、一花はあっさりと弁当の受け取りに付き合うことを了承した。

「やったあ、ありがとう、圭太さん」

玲奈は大喜びして圭太に抱きついてきた。

「う、うん、ちょっと離して」

玲奈は無意識に抱きついただけだろうが、亜矢の目の前だ。幼馴染みも笑顔でお弁当が届けられることを喜んでいるが、圭太は気が気でなかった。

「じゃあ出口はこっちだよ。あと裏口からの入りかたも説明しとく」

これからもお弁当を届けることになり一件落着したあと、見送りを申し出てくれたのは玲奈だった。

他の皆とは別れて調理場の勝手口から外に出た。

「そこの門のところで連絡をくれたら、中から鍵を開けるから」

勝手口を出たところが、建物と高いコンクリート塀にはさまれた小径《こみち》になっている。

その一番手前、路地に面した側に圭太の背丈よりも大きな鉄の扉があった。

「部屋のほうと違って、けっこう厳重なんだね」

公園側はフェンスしかなくて、圭太でも簡単にのぼれたのに、裏口となるこちら側はかなりしっかりというか、女子寮らしく部外者を拒絶する造りになっていた。

「部屋のほうも、去年までは公園の大きな池に面してたんだけどね。蚊も多いし、不法投棄があったりして市が埋めたんだ」

「なるほど……ちょっと、なにしてんだよ」

池があったら確かに侵入者も入って来られないなと感心していると、玲奈がいきなりしゃがんで圭太のズボンのベルトを外してきた。

「だって、これから配達のときは部屋まで来ないでしょ。次はいつ出来るかわからないしね、あむっ」

驚く圭太のパンツまで引き下ろして肉棒を剝き出しにした玲奈は、なんのためらいもなく亀頭部にしゃぶりついてきた。

「こっ、こら、だめだって、こんな場所で」

力の強い玲奈に腰を押されて、圭太はコンクリートの壁を背負って立つ体勢になる。

黒い上着の下半身裸の男の股間に、Tシャツにショートパンツの美女がしゃぶりついている。

「んんんん、んく、んんんん」

大胆に唇を開き、ショートカットの頭を振って、玲奈は激しく奉仕してきた。

亀頭のエラがゴツゴツと彼女の喉に当たっているが、お構いなしだ。

「くうう、ううっ、ここ外だよ、うう」

寮の建物もこちら側に窓はないし、塀も高いので隔絶された空間ではあるが、上空には夜空が広がっている。

圭太はもちろん野外で行為に及ぶのは初めてだ。

「だって、このおチ×チンがずっと欲しくてたまらなかったんだよ。外でもどこでもいただいちゃう、んんん」

一度、肉棒を吐き出した長身美女は舌先で亀頭の先端をチロチロと舐めながら、Tシャツとスポーツブラを大胆に脱ぎ捨てた。

飛び出して来たFカップの張りの強い巨乳を自ら持ちあげ、谷間に肉棒をはさんでしごき始める。

「それじゃ、まるで動物……くうう、うう」

欲望を我慢出来ずに外でするなんて獣のようだと圭太は言いかけるが、艶《あで》やかな肌が肉棒を擦りあげる快感に呻《うめ》き声をあげてしまう。

瑞々《みずみず》しい肌が怒張を包み込み、亀頭のエラや裏筋に密着して上下すると、腰が震えるくらいの痺れが突き抜けた。

「セックスって動物になることでしょ。んんん、んく」

「はっ、はうっ、それすごい……くうっ」

パイズリをしながら玲奈は舌を伸ばし、豊乳の谷間から見え隠れする亀頭の先端を舐めてきた。

快感の上に快感が重なりあい、圭太は外だという状況も忘れてのけぞった。

「うふふ、圭太さん、エッチな顔」

いままでセックスをしていたときはMっぽい姿を見せていたのに、いまは圭太の喘ぐ顔を見て楽しげにしている。

欲望に忠実なだけでなく、どこまでもいろいろな性癖を見せる彼女に圭太も興奮してきた。

「ああ……もう私、限界……欲しい、いいでしょ圭太さん」

そして瞳をとろんとさせた玲奈は、丸出しになっている乳房を揺らして立ちあがると、下も全部脱ぎ、目の前の塀に両手をついて腰を曲げる。

乳房にも負けない張りを持つプリプリとしたお尻が、圭太のほうに突き出された。

「すごい……もうドロドロ」

思わずそう口走ってしまうくらいに、剝き出しとなった玲奈の媚肉は愛液にまみれていた。

ほとんど灯りのない薄暗い小径なのに、はっきりとわかるくらいに大量の粘液が滴《したた》っていた。

「だって圭太さんの大きいの、最近お預けだったんだもん。ねえ、早くぅ」

その濡れ光る、口をぱっくりと開いた膣口を揺らして玲奈は訴えてきた。

この裏側の小径は幅が狭いので、塀とは反対側の壁際に立っていても、長身の彼女が腰を折るとヒップはもう目の前だ。

「い、入れるよ」

まるで別の生き物のように収縮を繰り返す媚肉と、そこから立ちのぼる牝の香りに誘われて圭太は腰を前に押し出した。

「は、はああん、これ、あああん、この大きいの、ああっ」

濡れそぼつ媚肉はあっさりと圭太の巨根も飲み込んでいく。亀頭は一気に奥に達し、立ちバックで繋がる。

玲奈は甘い悲鳴をあげて背中を大きくのけぞらせた。

「ちょっ、ちょっと声が大きいって、玲奈ちゃん」

室内でしているときと変わらない玲奈の絶叫に、圭太は慌てふためく。

塀の向こうになにがあるのかも知らないし、それに寮の住人にも聞こえてしまう。

「う、うん、あっ、ああ、声は我慢出来るから、ああっ、来て、圭太さん」

暗闇の小径を横に塞《ふさ》ぐ形で繋がったまま、圭太はピストンを開始した。

「んん、あふ、ああっ、はああん、んん、んんん」

肉棒が濡れた膣口を出入りし、クチュクチュと粘っこい音まで漏れている。

下向きの上体の下でFカップの巨乳をブルブルと揺らしながら、玲奈はこもった声で喘ぎ続けている。

「くうう、玲奈ちゃん」

彼女が歯を食いしばるたびに媚肉の締まりがギュッと強くなる。ピストンを繰り返すと亀頭に濡れた粘膜が絡みつき、圭太も思わず声をあげそうになった。

「あっ、くうう、ああん、圭太さん、くうう、いい、すごくいい」

圭太が立っている建物の壁の反対側にある塀に両手を置き、頭を下に落とした玲奈はただひたすらに喘いでいる。

呼吸を詰まらせながら、真っ直ぐに脚を伸ばした下半身を震わせていた。

（あまり時間はかけられない……）

この心地いい玲奈の濡れた膣をじっくりと満喫したいのはやまやまだが、一花あたりが玲奈の帰りが遅いと気がついたらたいへんだ。

圭太は一気に彼女を追いあげるべく、目の前の白く豊満なヒップを摑み、ピストンのペースをアップした。

「あっ、くうう、あああん、圭太さん、ああっ、だめっ、激しい」

立ちバックで突かれるしなやかな身体が大きく前後に揺れ、ワンテンポ遅れて巨乳がブルンブルンと弾む。

もう声が我慢出来ないと言いたいのだろうか、玲奈は顔だけをこちらに向けて切ない目を向けてきた。

「れ、玲奈ちゃん」

圭太は腕を伸ばすと半開きになった彼女の唇に自分の指を入れた。あまり深くはないが声を抑えるのには役立つだろう。

そしてさらにピストンの速度をあげていった。

「んん、くふうう、んん、あっ、すごっ、ああ、んん、あああん」

彼女も圭太の意図《いと》を察して指にしゃぶりつくが、それでも耐えきれないように口を開いて声を漏らす。

ただ喘ぎっぱなしよりは、かなり声が小さくはなっていた。

(エッ、エロい)

自分の指をしゃぶるバスケ界のアイドル美女。整った顔をとろんと崩して切なげに舐める姿に圭太は息を飲んだ。

「うう、玲奈さん」

さらに昂ぶった圭太はもう力の限りに怒張を振りたて、玲奈の白い巨尻に腰を叩きつけた。

「あうっ、ああっ、奥いい、あああん、圭太さんに教えられた場所、いい」

玲奈はそれをすべて受けとめて快感に変えている。小径に肉がぶつかる乾いた音が響きそれもまずいかと思うが、もう止まらない。

「くうう、俺が教えたの？」

「そう、はああん、圭太さんの大きなのじゃないと、届かないところが、あああ、玲奈すごく感じるっ、うくうう、んん」

圭太の指を唇に引っかけたまま、玲奈はそんなことを口にした。

「奥だね。もっと突いてあげるよ、おおお」

快感に蕩けきった大きな瞳。導かれるように圭太は彼女の桃尻に身体を浴びせて、亀頭を膣奥に突きたてた。

「はううう、んんん、いい、ああっ、そこ、そこよう、あああ、ああ」

目の前の壁に爪を立てながら玲奈は悦楽によがり狂う。圭太の指を振り切るように前を向き立ちバックの身体をのけぞらせた。

「ああっ、イク、玲奈、イッちゃううう、ひあああああ」

もうここだけは我慢出来なかったのか、玲奈は耐えきれないように絶叫した。

「俺もうイク、おおおおおお」

誰かに聞かれるとか圭太も考える余裕がない、ただひたすらに肉棒をドロドロに溶けた媚肉に擦りつけながら先端を打ち込んだ。

「イクうううううう」

立ちバックのしなやかな身体がガクガクと痙攣し、長い両脚が内股気味によじれた。玲奈は顔を夜空に向けて目を泳がせながら歓喜にすべてを任せている。

「くうう、俺も出る」

そんな彼女の豊満な尻たぶを強く摑み、圭太も射精した。玲奈が気持ちいいと言った膣の奥深くに熱い粘液を注《そそ》いだ。

「ああん、いい。精子がきてる、ああ」

「ううっ、玲奈ちゃんの中、また締まってきたよ」

二人は揃って快感に溺れながら、立ちバックの体位で繋がった身体を震わせ続けた。

第三章　寮母さんは淫ら熟女

あれからも夜の弁当の配達は続いていた。亜矢は空腹を満たし一花は大好きなお菓子にありつけて満足そうだ。

ただ玲奈だけは少し不満そうな顔をしているが、これはどうにかなるものではない。勝手口でお弁当を渡したらそのまま帰る約束だからだ。

（別に付き合ってるとかじゃないんだけど……まあちょっと寂《さび》しいかな……）

玲奈から時間が合えばホテルに行こうとずいぶんとストレートなメールが届いた。まあ圭太のほうも彼女との蕩けるようなセックスを思い出して肉棒を大きくさせてしまうこともある。

ただこれはいちおう確認したのだが、玲奈とは恋人同士というわけではない。玲奈のほうからそのほうが心置きなく快感に浸《ひた》れるからと言われた。

「快楽の求道者だな……まさにアニマル」

玲奈はあくまで自分が気持ちよくなることに正直だ。セックスも恋人同士との愛の確認というよりはスポーツのように捉えているのかもしれない。

圭太のほうも、別にそういう関係に不満があるわけではなかった。

(ただ亜矢ちゃんが知ったら、軽蔑されるだろうな……)

真面目な亜矢が、圭太と玲奈のそんな関係を聞いたら、頭がおかしくなったと思うかもしれない。

だから彼女にだけは知られたくなかった。もし実家で話されて圭太の母に伝わったりしても面倒だ。


「ごめんなさいね、お昼にお呼び立てしちゃって」

「いえ、夜まで空いてますから」

そんな中、意外な人から寮に来て欲しいとお願いがあった。その相手は一花の母であり寮母でもある瑠璃子だった。

彼女から洋食系の料理の指導をと頼まれたのだ。

「いつも寮の食事は和食が多いから……彼女たちには足りないのかしら」

瑠璃子はそんなことを心配しているが、ただ単にあの二人が大食いなだけだ。一花の話によれば、他の寮生たちは量も満足しているし、なにより体型維持に和食はいいと歓迎しているらしかった。

それならあの二人は放っておけばと思うが、瑠璃子は気になると言った。親御さんから預かっている寮生に、あまりひもじい思いはさせたくないと。

垂れ目の優しげな顔立ちから感じるのと同様に、母性が強いようだ。

「とりあえず今日はハンバーグからにしましょう。あくまで僕の作り方ですが」

「ええ、お願いします」

「まずはタマネギから始めましょう」

「はい、こっちに」

今日はTシャツに膝丈のスカート。そして前掛けのようなエプロン姿の瑠璃子はにっこりと笑って、タマネギのダンボール箱を出してきた。

瑠璃子の夫は故人で、とくに彼女は再婚の意思はないようだと、一花から聞いていた。

「きゃっ」

調理場はけっこう広く、普通の個人の飲食店くらいはある。天井の下には吊り下げ型の戸棚がありそこから大型のボウルを取り出そうとした瑠璃子がふらついた。

「危ないっ」

圭太はとっさに彼女を支えようと正面から抱きしめてしまった。緩めのTシャツを着ていてもかなり目立つ胸の膨らみが圭太のみぞおちのあたりにぶつかる。

ブラジャーはもちろんしているのだろうが、フワフワとした柔らかい感触が伝わってきた。

「ご、ごめんなさい」

「い、いえっ、こちらこそ、すいません」

とっさのこととはいえ抱き合う形になってしまった二人は顔を赤くして照れ、頭を下げあった。

熟女と言われる年齢の瑠璃子が少女のように恥じらう姿がまた可愛らしい。

「じゃあタマネギを切るところから」

彼女のカールのかかったロングヘアーから漂《ただよ》う甘い香りにドキドキしながら、圭太は準備を始めた。


「圭太さん、そんな後片付けまで」

ハンバーグの準備も終わり、あとは少し寝かせてから、焼いて試食するだけだ。その前に使った調理器具を洗おうとすると、瑠璃子が申しわけなさそうに言ってきた。

「いえ、洗いものも料理のうちですから」

洋食屋に修行に入ったときから師匠に言われていた教えをとっさに口にして、圭太はシンクに身体を向けた。

（ずっと揺れてるって……）

格好いい言葉を言って毅然《きぜん》とした料理人の雰囲気を出してはいるが、心の中は瑠璃子の熟した色香に惑わされていた。

（いったい何カップあるんだよ、おっぱい）

彼女が前屈みになるたびに、Tシャツの首のところが開いて、中にある白のブラジャーとそれに負けない透き通るような肌の上乳がのぞく。

見るからに柔らかそうな、青い静脈が浮かんだ乳肉を見るたび、圭太はもう鼻血が出そうだ。

「ありがとう、ほんとうに圭太さん。男のかたにこんなに優しくしてもらうの久しぶりかも……うふふ」

それに加えて瑠璃子は天然なのか、それともわざとなのか、男の心を惑わすようなセリフを口にすることがある。

若い圭太は、垂れ目の瞳を細めて笑う瑠璃子にさらに心乱していた。

「じゃあお野菜も片付けていいわよね」

「あっ、はい、いいですよ。うっ」

瑠璃子の声を聞いてシンクのほうに向かっていた圭太はうしろを振り返った。

調理場の壁際にある棚の一番下の段に、瑠璃子はタマネギが入ったダンボール箱を入れようとしていたのだが、脚を開き気味にしてしゃがんでいるので、スカートがまくれていた。

おかげで、膝を曲げた白く艶やかな肌の太腿《ふともも》はほとんどが晒され、パンティまでは見えていないものの、ちょうど内腿がこちらに向いているのだ。

「きゃっ、ごめんなさい。見てないと思って」

ムチムチとした肉感的な白い脚が丸出しになっていることに、瑠璃子は恥じらいながら慌ててスカートを直した。

「きゃっ」

するとダンボール箱がひっくり返ってタマネギがいくつか転がった。

「ごめんなさい」

「どうして謝るんですか、こんなことくらいで……あ」

一緒にタマネギを拾うために圭太がしゃがむと、またTシャツの胸元が開いていた。太腿に続いてたわわな上乳とその谷間が目の前にある。完全に覗き込む体勢になっている圭太は、これはまずいと慌てて立ちあがった。

「え、なに？　どうかした」

タマネギをダンボール箱に入れずに握ったまま急に立った圭太を、瑠璃子は不思議そうに見あげている。

「圭太さん……あ……え？」

床にしゃがむ美熟女の前に仁王立ちになった圭太。その股間のあたりを見つめて瑠璃子は瞳を大きく見開いた。

「うわっ、すみません」

はっとなって彼女の目線の先を見ると、それは自分の股間に向けられていた。

今日は薄めの生地のズボンだったのだが、知らないうちに勃起した肉棒がくっきりと形を浮かべていて、圭太は慌てて両手で覆《おお》い隠した。

「と、とんでもないものを見せちゃって」

「い、いいの。でも私なんか見て大きくしたわけじゃないわよね、もうおばさんだし」

腰を屈めるようにして股間を両手で隠す若者に、瑠璃子はいつもの少しのんびりとした調子で言った。

「いえっ、そんなすごく綺麗で若いですよ、瑠璃子さんは。あっ、すいません」

料理を教えている最中に勃起なんかしてと軽蔑されるかと思ったのに、変なことを口走る美熟女につられるように、圭太もとんでもない返事をしてしまった。

「やだ……恥ずかしいわ……綺麗だなんて」

色白の頬をピンクに染めて瑠璃子は恥じらっている。どこか調子がずれているような気もするが、なんだかそういう姿が可愛らしかった。

「いや……とても一花さんくらいの娘さんがいるようには見えないです」

「まだいちおう、三十代なのよ。一花は十九で産んだから」

いま十九歳の娘をその歳で産んだということは、瑠璃子はいま三十八歳だ。

「なおさら、おばさんはないですよ。お姉さんと言わないと……美人だし、うわ、またよけいなことを、俺」

彼女の垂れ目の瞳でじっと見あげられると、圭太はさらに胸が昂ぶって声をうわずらせながら言った。

ただ頬や首回りの肌にも張りを感じさせる彼女は、二十代後半にも見えた。お世辞を言っているつもりはないが、これではなんだか口説いているみたいだ。

「ううん、若く見てくれて嬉しいわ。じゃあそれ、お姉さんがなんとかしないと」

しゃがむ瑠璃子はにっこりと笑うと、圭太の腰を持って自分のほうに向かせた。

「こういうこと、ずいぶんとしてないからちゃんと出来るかどうかわからないけど」

少し照れたように笑いながら瑠璃子は調理場の床に膝をつき、圭太のベルトを外していく、そして肉棒を剥き出しにするとそっと手で包み込んできた。

「る、瑠璃子さん、なにを、くっ」

とんでもないことをしているという思いはあるが、柔らかい白い指が肉棒を擦り始めると、あまりの気持ちよさに動きが止まる。

「圭太さんはなにもしなくていいからね」

瑠璃子の特徴的な色っぽい瞳が下からじっと圭太を見あげてくる。それだけで胸がドキリとして動きが止まる。

彼女は圭太のすでに勃起している逸物を握る手を動かしながら、舌先でチロチロと亀頭部を舐め始めた。

「くうう、瑠璃子さん、そんなこと」

舌のざらついた部分が尿道口や裏筋を優しく舐めていく。熟女の舌は巧みに男の性感を煽り、圭太は足首までズボンとパンツが下げられた下半身をよじらせた。

「こういうの、いや？」

「いっ、いえ、気持ちいいです、ああ、瑠璃子さん」

もちろんだが、やめて欲しいなどとは一ミリも思っていない。少し不安そうに見あげてくる美熟女に圭太は必死で訴えた。

「ふふ、よかった、んんん、あふ……」

瞳を細めて笑顔を見せた瑠璃子はここも色香の強い厚めの唇を大胆に開き、圭太の逸物を包み込んできた。

ためらいなく亀頭部を飲み込むと、口内の粘膜を擦るようにしてしゃぶりあげを始めた。

「はっ、はうっ、瑠璃子さん、くうう、気持ちいいです、ううう」

もう本能的に圭太はそう口走っていた。唾液が絡みつき舌が亀頭やエラを這い回る。

快感に腰が痺れ、圭太はうしろにあるシンクに両手をついてどうにか身体を支えていた。

「んんん、あふ、んんんん、んく」

さらに頬をすぼめた瑠璃子は大胆に頭を振って、激しいフェラチオを見せる。

身体そのものも使っているので、Tシャツの下で巨乳がブルブルと弾んでいた。

「くうう、すごい、ううう、ううう」

エラに頬の裏が擦られ、先端が喉の柔らかい場所にゴツゴツとあたる。彼女はきついのではないかと思いながらも、あまりの気持ちよさに動けなかった。

「んんんん、んく、んんん」

そんな年下の男の肉棒を瑠璃子は夢中な様子でしゃぶり続ける。色っぽい瞳がさらにとろんとなっていて男の興奮をかきたてた。

「る、瑠璃子さん、待ってください、こんどは僕が」

このまま快感に溺れて瑠璃子の口内で達したいという感情もあるが、それ以上に圭太はこの美熟女のさらに淫靡な姿が見たかった。

瑠璃子の頭を摑んで舐めあげをやめさせた圭太は、逸物を唇から引き抜いた。

「んん、ぷはっ、えっ、なにを圭太さん、きゃっ」

唾液にまみれた逸物を揺らしながら、いきなりTシャツを脱がせてきた圭太に、瑠璃子は驚いている。

上半身は白のブラジャーだけとなった彼女の肩周りは肌が滑らかで、少し肉がついたウエストのあたりが熟した色香を醸《かも》し出していた。

「だ、だめですか？　おっぱい見たりしたら」

自分の足元にしゃがんだまま恥ずかしそうにする瑠璃子を見て、圭太は少し怖くなってしまう。

こういうところはヘタレというか、亜矢の言う頼りない本性が現れてしまうのだ。

「え……うん……圭太さんが見たいのなら」

少しくらい嫌がられても強引に突き進めばいいのに、狼狽《うろた》える圭太を見て瑠璃子もよけいに恥ずかしくなっている様子だ。

ただそこは熟した女の器《うつわ》の大きさというか、圭太の性格も察してくれているような感じだ。

「あ、ありがとうございます」

圭太は歓喜に声を震わせながら、瑠璃子の肩を摑んで立たせて自分と身体を入れ替えさせた。

そしてシンクを背にして立つ美熟女のブラジャーを一気に剝《は》ぎ取った。

「ああ、明るいところで恥ずかしい」

こちらを向いて立つ瑠璃子の身体の前で、巨大な白い柔肉が大きくバウンドして飛び出してきた。

想像以上に豊満な白い柔肉は、ブラジャーが去ったあともブルブルと波打ち、乳房なりに大きめの乳輪も上下に揺れていた。

「す、すごくエッチです」

そのあまりの迫力に圭太は圧倒される。こんなにも巨大なのにあまり垂れている様子もなく美しい形を保つ巨乳に見とれていた。

「そ、そんな、娘と一緒にお風呂に入ったりしたら、張りとかぜんぜん違うから」

「なに言っているんですか、綺麗で大きなおっぱいです。んん」

もちろん本音でそう言いながら、圭太は目の前にある巨乳を揉み、唇を寄せた。

乳輪部がぷっくりと膨らんだ淫靡な姿の乳頭に、舌を絡めて吸いあげていく。

「あっ、だめっ、そんな風に、あっ、はあああん」

圭太の舌が少し粒が大きめの乳首を舐めると同時に、瑠璃子はスカートだけの身体をのけぞらせた。

彼女はいやいやをするように腰を揺すっているが、圭太はお構いなしにもう片方の乳房も揉み、先端をさらに強く吸った。

「あああ、はああん、圭太さん、あっ、あああん」

男の手にもあまる巨乳が大きく歪み、調理場に美熟女の艶のある声が響き渡る。

厚めの唇を開き、耐えきれないといった風に喘ぐ瑠璃子をもっと乱れさせたい。

「瑠璃子さん……んんん」

乳房を激しく揉みながら、圭太は身体を起こし、シンクにお尻を預けている瑠璃子の唇を塞いだ。

「んんん、んく、んんんんん」

少々強引なキスだったが、瑠璃子は拒否することなく圭太の舌を受け入れ、唾液を交換するように絡ませあった。

ディープなキスを続けながら乳首を指で弄《もてあそ》ぶと、彼女の鼻から切ない息が漏れた。

「あふ……あん……ああ……」

長い時間舌を貪りあってから唇が離れ、二人の顔の間で唾液が糸を引いた。

乳首への愛撫も止めて乳房を揉んでいるだけだが、瑠璃子の口からはずっと小さな喘ぎがあがっている。

(なんてエロい顔なんだ……)

垂れ目の目尻をさらに下げ、頬をピンク色に染めた美熟女は、まさに色香の固まりといった雰囲気だ。全身からムンムンと立ちのぼる淫らな香りに導かれるように、圭太は瑠璃子の腰を摑んで身体を裏返しにさせた。

半回転してシンクのほうを向いた、スカートに覆われた下半身を、少し強引にこちらに引き寄せる。

「あっ、あん」

腰を折ってシンクに両手をついた瑠璃子は、お尻をうしろに突き出して立ちバックの体勢になった。

裸の白い上半身の下でフルフルと巨乳が揺れるいやらしいポーズだが、瑠璃子はされるがままだ。

「おっぱいだけじゃなくて、お尻もすごく綺麗ですね」

「あっ、やん」

スカートをまくりあげ、白いパンティが食い込んでいる熟れた桃尻を剝き出しにすると、瑠璃子は切なそうに声をあげた。

ただここでも抵抗《ていこう》する様子はないので、圭太は艶やかな肉がたっぷりと乗った白い太腿を撫でさすった。

「あっ、はうん、あっ、あん」

水分を感じさせる滑らかな白肌を圭太は優しくさすっていく。少しくすぐったそうに瑠璃子がお尻を揺らすのがまた色っぽい。

「これも脱がしますね」

スカートを九十度に曲がっている腰の上に乗せ、圭太は白いパンティに手を掛けて引き下ろしていく。

豊満な尻たぶがプリンと飛び出し、瑠璃子の女の部分が晒された。

「いやっ、圭太さん、そんなに近くで見ちゃ」

立ちバックで突き出されたヒップの谷間を圭太がかぶりつきで見ていることに気がついた瑠璃子が切なそうに腰をくねらせる。

ただそんな弱々しい抵抗だと、女の媚肉がウネウネと歪むだけで、かえって男の欲情をかきたてた。

「無理です。エッチなオマ×コが僕を呼んでます」

瑠璃子のそこはすでに膣口が開いていて、中の媚肉が愛液にまみれてヌラヌラと輝いていた。

言葉のとおり圭太は引き寄せられるように唇を寄せていき、舌を這わせていった。

「やっ、ああん、そんな、エッチだなんて、あっ、ああっ、あああああん」

恥じらう瑠璃子だったが、圭太の舌が膣口を這い回ると悩ましい声をあげ、クリトリスにまで触れると背中を弓なりにした。

「あっ、あああああん、だめっ、ああっ、あああああ」

まんべんなくビラが小さめの秘裂を舐め回す。シンクに両手をついてお尻をこちらに向けた身体をよじらせる瑠璃子は、カールがかかった髪を振り乱して喘いでいる。

「もう僕、我慢出来ません。いいですか？」

大人の色香を見せつける瑠璃子に、圭太のほうも限界だ。

「はい……」

いまだ勃起したままの肉棒を揺らしながら立ちあがった圭太に、赤らんだ顔を向けて、瑠璃子は小さな声で頷いた。

その控えめな感じが、さらに圭太の欲望をかきたてた。

「いきます」

腰の上までスカートがまくりあげられた美熟女の白い下半身を、尻たぶをがっちりと摑んで固定する。

そして圭太はもう破裂寸前の肉棒を、濡れた彼女の中に押し入れた。

「ああっ、はあああん、大きい、あっ、あああぁ」

亀頭が膣口を押し開くのと同時に瑠璃子は上半身をのけぞらせて、調理場に淫らな悲鳴を響かせた。

たわわな巨乳が大きく弾み、シンクにぶつかりそうになる。

「くう、瑠璃子さんの中、ううっ、すごく気持ちいいです」

瑠璃子の媚肉はやけに熱く、そして膣壁が吸いついてくるような感触だ。前戯のときに指を入れていなかったので、圭太はその甘美な感触に面食らいながら、快感に腰を震わせる。

そして男の本能のままに怒張を奥に向かって突き出した。

「あっ、あああああん、深い、ああっ、こんなに奥、ああっ、ああ」

一気に亀頭が、子宮口を押し込むような乱暴な挿入にもかかわらず、瑠璃子の膣はしっかりと飲み込んでいく。

そして快感に喘ぎながら、顔をこちらに向けて訴えてきた。

「いままでで一番の奥ですか？」

玲奈が、圭太の肉棒が一番深い場所を抉《えぐ》ってくれると口にしていた。それをふと思い出した圭太は、がらにもなくそんな質問をした。

垂れ目の瞳をさらに蕩けさせる元人妻を自分のモノで支配したい。そんな欲望に囚《とら》われているのかもしれなかった。

「ああん、圭太さんの、あああっ、すごく奥まで、ああ、こんなの初めて、ああ」

厚めの唇の間から白い歯をのぞかせながら、瑠璃子は懸命に訴えてきた。

染《し》みひとつない巨尻が絶えず揺れ、彼女もたまらない状態だと感じさせた。

「そうですか、じゃあその奥をたくさん突きます」

圭太は彼女のスカートがまとわりついた腰を両手で固定すると、肉棒を前後に大きく動かした。

「あああ、奥、あああん、すごいわ、あああん、ああ」

もう完全に悩乱している様子の瑠璃子は、真っ白な肌の背中を何度も何度ものけぞらせながら、激しくよがり泣く。

ここまで痛そうな様子も苦しげな顔も見せていない。さすが熟女といおうか、圭太の巨根もしっかりと受けとめてくれていた。

「くうっ、瑠璃子さんの奥もたまりません、うっ、すぐにでも出そうです」

吸いつくような感触の媚肉が、最奥になるとさらに狭くなり、愛液を絡ませながら亀頭のエラや裏筋を擦りあげてくる。

ピストンするたびに強烈な痺れが突きあがり、油断をしていると膝が砕けそうになる。

「あっ、あああっ、今日は大丈夫な日だから、あああん、圭太さんの好きなときに、あっ、そこは、はあああああん」

中で出しても大丈夫だと言ったとき、瑠璃子の肉感的なボディが軽い痙攣を起こした。

「こ、ここですか、瑠璃子さん」

その瞬間、肉棒の角度が少し変わって膣のお腹側を突いていた。そこに彼女のさらなる性感帯があるのか、圭太は亀頭を擦りつけるようにして腰を振った。

「あっ、あああっ、そこ、あああああん、すごい、あああん、だめ、ああっ、おかしくなっちゃう、あああああん」

膣奥の表側に亀頭を強く食い込ませる、すると瑠璃子はさらなる絶叫を響かせ、シンクが軋《きし》むほど身体をよじらせた。

「あああああん、ああっ、もうイッちゃう、ああん、私、ああっ」

大きく唇を割った美熟女は絶叫を響かせながら、圭太を潤《うる》んだ瞳で見つめてきた。

腰を折った身体の下で朱に染まった巨乳が二つ揺れていて、その先端にある乳首の尖りきった姿が彼女の肉欲の燃えあがりを表しているようにも見えた。

「イッてください、うう、僕ももうもちません」

立ちバックの体位で膣の前側を突くということは、彼女の吸いつきのいい媚肉に亀頭の裏筋を擦り続けることになる。

その状態で長く持つはずもなく、圭太の亀頭の根元はずっと脈打っていた。

「ああっ、ああああっ、来てぇ、ああっ、圭太くんの、ああっ、精子出してぇ、あああっ、イク、もうイクぅ」

膣内射精を求める言葉まで口にした瑠璃子は、白い歯を食いしばりながら叫んだ。

「あああああ、イクぅうううううう」

そして剝き出しのヒップや白く肉感的な両脚を小刻みに震わせ、シンクを強く握りしめてのぼりつめた。

色っぽく潤んだ瞳は宙をさまよい、身体の痙攣が巨乳にまで伝わって波を打った。

「くうう、僕も、イク、くうう、出ます」

彼女の絶頂と同時に媚肉がさらに絡みつき、圭太は蕩けるような思いで射精した。

濡れた粘膜に亀頭を包まれながら、何度も精液を発射する。

「ああっ、圭太さんの精子、ああっ、熱い、あああっ」

顔をうしろに向けた瑠璃子は半開きの唇から歓喜の声をあげ続けている。その顔はまさに淫靡に蕩けていて、最初の清楚で控えめな彼女は消え去っていた。

「くうう、瑠璃子さん、まだ出ます、くうう、出る」

「あああっ、来て、あああん、瑠璃子の子宮をいっぱいにしてぇ、あああ」

熟した美女を自分の肉棒で崩壊させたことに、男の支配欲を満たしながら、圭太は射精を続ける。

瑠璃子もまた悦楽に巨尻を揺らしながら、何度も歓喜の声を響かせるのだった。


「こんなことまで手伝ってもらって申しわけないわ」

瑠璃子と肉の繋がりを持った一週間後、圭太は再び、洋食の料理を指導するべく女子寮を訪れていた。

毎夜のように弁当を届けているのでなれてはきているが、瑠璃子と面と向かい合うのはあの日以来でなんだか照れてしまう。

「いいですよ。待ち時間ですし」

今日の料理はロールキャベツ。本体を巻いて準備は終わったが、ソースに必要なスープの煮込みにもう少し時間がかかる。

その間に瑠璃子がお風呂場の掃除をすると言ったので、手伝うことにしたのだ。

「ほんとうにごめんなさい。なにからなにまで」

「いいえ、気にしないでください、瑠璃子さんのお役に立てて嬉しいです」

「そ、そんな」

瑠璃子もまた恥ずかしさがこみ上げているようで、あまり圭太と目を合わせようとしてこない。

美熟女が頬を染めて恥じらう姿に圭太は胸がかきたてられ、危うく勃起させそうになってしまうのだ。

（さすがにそれは……完全に動物だと思われるよ……）

いつも肉棒を勃起させている肉欲男だと思われるわけにはいかないと、圭太も彼女のほうを見ないようにする。

（だけど……）

このS女子大の寮のお風呂はけっこう立派で、小旅館の浴場くらいの広さはあるように思う。

圭太は男が三人くらいは余裕で入れそうな浴槽《よくそう》をタワシで洗い、瑠璃子は洗い場の床をデッキブラシで磨《みが》いているのだが、彼女が気になって仕方がない。

（すごく弾んで……まさかノーブラ）

浴場の掃除を始める前に瑠璃子は着替えていて、Tシャツにショートパンツ姿だ。熟した白く肉感的な両脚が剝き出しなのもそそられるのだが、それ以上に気になるのが彼女の胸のところだ。

（まさかな……でもなんだかボッチも……）

Ｔシャツはけっこう緩めなラインのものなのだが、その下で両の乳房がブルブルと左右別々に弾んでいるように見える。

ブラジャーをしていたら同じ方向に揺れるはずだし、しかもうっすらと乳首の形までうかがえた。

（あえてノーブラに？　いやいやまさか）

わざとブラジャーを外して乳房を揺らしているのか。玲奈ならともかく大人しい性格の瑠璃子がそんな男を誘惑するようなまねをするとは思えなかった。

ただ浴槽の中にしゃがんでタワシを動かしている圭太の目線は、その揺れる巨乳を見あげる角度となり、迫力に圧倒された。

「はあはあ、ごめんなさい、暑くて」

浴場にはもちろん冷房は入っていないので、この季節はタワシやブラシを使っていると確かに熱くなってくる。

汗ばむ美熟女の荒い息づかいと、どんどん身体にはりついてくるＴシャツ。圭太はもう目線を向けていられない。

「どうしたの圭太さん？　大丈夫」

下を向いて黙り込む圭太が心配になったのか、瑠璃子が身体を屈めるようにして浴槽にしゃがみ込む圭太に近寄ってきた。

当然だが巨乳がブルンと弾み、圭太はもう頭がクラクラしてきた。

「顔も赤いわ。もしかしてお熱が」

垂れ目の色っぽい瞳で見つめながら、瑠璃子は手を圭太の額にあててきた。

さらに身体を折った体勢になった彼女の胸が眼前に近づく、そしてさすがにこの距離までくると乳首のボッチもけっこうはっきりとした。

「お熱はないみたいだけど……あ……ごめんなさい、私……いつもここの掃除のときは暑いから外すの。変なもの見せちゃって」

圭太の目線が自分の胸元に注がれていることにようやく気がついたのか、瑠璃子は慌てて胸元を両手で覆った。

ずっと自分がノーブラであるということを意識していなかった様子で、顔を真っ赤にして恥じらっている。

「変なものなんてとんでもないです。大きくて柔らかくて、大好きです僕、はい」

瑠璃子の慌てた様子につられて圭太もしどろもどろになりながら言った。よく考えたらとんでもない言葉を口走っている気もするが、こういうときはもともとの頼りなくて気が弱い性格が顔を出してしまうのだ。

「そんな……もうおばさんなのに。この前、裸を見られたのも恥ずかしかったのよ」

身体を起こした瑠璃子はTシャツの裾を押さえてモジモジと恥じらっている。

ただなんというか、その切なそうな垂れ目の瞳には妖しげな、熟女の色香が宿っているように見えた。

「い、いや、僕はいつでも見たいですよ。瑠璃子さんのおっぱい、見せてもらってもいいですか」

彼女はこの先を求めている。そんな感情に囚われた圭太は大胆な要求をした。

思い込みかもしれないが、内股気味のショートパンツから伸びた肉付きのいい太腿の奥から淫靡な香りが立ちこめてきているように思えた。

「ああ……おっぱいを……恥ずかしいけど、圭太さんになら」

この前さんざん揉んだり吸ったりしたのに、まるで初めてのように恥じらう美熟女はTシャツの前をまくりあげた。

ブルンと弾んで飛び出した二つの巨乳は、今日も美しい形を保ち、柔らかそうな佇まいを見せていた。

「綺麗でエッチです。瑠璃子さんのおっぱいは」

耳まで赤くして乳房を出してくれた美熟女に、圭太ももう止まらない。

浴槽で立ちあがった圭太は、彼女が息をするだけでも揺れている巨乳を両手で揉みしだいた。

「あっ、圭太さん、あん、いやん」

勢いがつきすぎた感じで指を肉房に強く食い込ませてしまったが、瑠璃子はとくに痛がる様子は見せずにショートパンツの下半身をくねらせている。

揺れるふくよかな腰回りにも煽られながら、圭太は乳首を指で弄びながら乳房を揉み続ける。

「ほんとうに大きいですね、何カップあるんですか？」

「あ、あん、あ、Ｉカップ……」

乳首を弾《はじ》かれるたびに淫らな声をあげながら、瑠璃子は目をとろんとさせて言った。

どうりで迫力があるわけだと思いながら、圭太は浴槽の縁《ふち》を跨いで外に出て、彼女の乳首にしゃぶりついた。

「あん、圭太さん、ああっ、舐めたら、だめっ」

すでに尖りきっていた乳首を舌先で転がすと、瑠璃子はもうたまらないといった風に膝を震わせる。

「どうして？」

「ああっ、そんな風にされたら、あああん、声が止まらなくなるから、あああん」

そんなことを言われるともっと責めたくなる。圭太は乳首を強く吸い、ショートパンツの中にも手を入れた。

「止まらないのは僕のほうです」

もう片方の手でも乳首をこね、パンティの中にあるクリトリスを指で擦りあげる。

「は、はあああん、私も、あああああん、そんなにたくさんされたら、ああっ」

三ヶ所同時の責めに瑠璃子はさらに腰をよじらせて淫らなダンスを踊る。

乳首はさらに固く勃起し、ショートパンツの中からはクチュクチュと卑猥な音があがってくる。

「あっ、ほんとうに、ああっ、だめ、はうっ」

「おっと」

もう身体に力が入らなくなった瑠璃子がその場に崩れそうになったので、圭太はとっさに彼女の身体を抱きしめて支えた。

「瑠璃子さん、ここでいいですか？」

力強く彼女の身体を抱きしめて圭太は赤く染まった耳に囁いた。

「ああ……はい……」

瑠璃子も頷き二人は身体を離して服を脱いでいく。脱いだ服を仕切りのサッシが開け放たれている脱衣所に投げ込んでいった。

瑠璃子も同じようにしているのだが、彼女は圭太に見られるのが恥ずかしいのか、背中をこちらに向けている。

（お尻もほんとうにすごい……）

ピンクに上気している艶やかな背中。そこから優美なラインを描いて大きく盛りあがる熟した桃尻。

染みなどひとつもない滑らかな肌の豊満な尻肉が、少し揺れているのがいやらしい。

「瑠璃子さん、こっちへ」

熟尻の誘惑に耐えかねた圭太は、彼女の腰にうしろからしがみついた。

「きゃっ、圭太さん」

不意を突かれて驚く彼女の身体を抱えたまま、圭太は広めの洗い場の床に尻もちをつく形で座った。

そしてそのまま背面座位で挿入を開始する。

「圭太さん、そんないきなり、あっ、ああっ、だめっ、はああん」

指でいじったときから、もうドロドロに媚肉は濡れそぼっていた。同様にずっと固く勃起した状態の圭太の逸物が、そのぬめった媚肉に吸い込まれていく。

「あっ、ああああん、これ、あああああ、大きい、あああ」

お尻が圭太の腰に乗ると同時に瑠璃子のグラマラスな身体がのけぞる。

この前と同じように亀頭にやけに吸いつく感じのする女肉の中で、圭太は怒張を突きあげた。

「はうん、ああっ、そんな、ああっ、激しいわ、あっ、あああ」

圭太に背中を向けたまま、瑠璃子はIカップの巨乳を大きくバウンドさせ、肉付きのいい両脚を開いてよがり泣いている。

少し息を詰まらせているが、見事に圭太の攻撃を受け止めて快感に変えているように見えた。

「すごくエロい顔になってますよ、瑠璃子さん」

背面座位の体位で繋がっているので瑠璃子の表情はうかがえないはずだが、圭太は正面にある身体を洗うための蛇口にあるカランの上に取り付けられた鏡を見ていた。

それほどは大きくない鏡だが、瑠璃子の揺れるバストと、垂れ目の瞳が妖しく潤んだ顔が映っていた。

「あああん、見ないで圭太さん、あああん、恥ずかしい」

瑠璃子もそれに気がついたようだが、とくに逃げるような様子はない。

ムチムチの太腿の下に手を入れて抱えた圭太は、瑠璃子の身体を上下に揺すった。

「それ、あああん、すごい……あああん、奥に、ああ、来てる、ああ」

圭太自身も腰を使っているので、怒張は大きく上下に動いて、彼女の溶け落ちた膣奥を抉《えぐ》り続ける。

熟女らしくみっしりと陰毛が生い茂った下腹の奥で、ぱっくりと開いたピンクの媚肉に血管が浮かんだ肉茎が出入りを繰り返した。

「あああっ、私、あああああん、すごくいやらしい女になっちゃう」

上半身のほうでは、巨大な二つの柔乳がいびつに形を変えながら弾んでいる。

張りの強い玲奈の巨乳が揺れる様子もすごいが、熟したＩカップが柔軟に形を変える様子もまた男の目を引きつけた。

「なってください。いやらしい女に」

全身で女の淫らさを見せつける美熟女に圭太も声をうわずらせながら、下から怒張をこれでもかと突きあげた。

「あああっ、私、あああああん、とんでもない顔を晒しちゃう、ああっ、圭太さんに」

大きく唇を割り開いた瑠璃子がそんなことを口にした。もう歯止めが利かなくなっているのだ。

「る、瑠璃子さんっ、その顔を見てあげます」

もうお互いに達する直前だと思う。このまま快感に身を任せたいという気持ちもあるが、こうなったらとことんまでと、瑠璃子の中から一度怒張を引き抜いた。

「あっ、ああん、どうして？　ああ……」

こちらを振り返って切なそうな表情を見せる美熟女を、洗い場の床に押し倒して仰向けに寝かせた。

そして彼女の両足首を摑んで勢いよく立ちあがった圭太は、まだぱっくりと口を開いている濡れた秘裂を跨いでから、肉棒を下ろしていく。

「圭太さん、なにを、ああっ、ひっ、これ、あああっ、ああぁ」

もう完全に腰を浮かせて両脚を開いた瑠璃子の真上に向いた股間に、圭太は自分の脚を互い違いに入れた体勢で挿入していく。

真上から杭を打ち下ろすような体位で肉棒を押し込まれ、瑠璃子は驚きながらも快感に喘いだ。

「あああっ、こんなの、ああああん、すごい、ああっ、圭太さああん」

アダルトビデオで見た挿入方法を興奮のあまりしてしまったが、瑠璃子はここでも見事に受け入れて喘いでいる。

洗い場の床の上で身体を丸めているのは苦しいかもと心配したが、彼女はカッと目を見開いて唇をパクパクと開閉させていた。

「いきますよ、おおおお」

圭太も気合いを入れてスクワットを繰り返して、怒張をピストンさせる。

吸いつく媚肉に亀頭の裏筋やエラが強く擦れ、快感に腰が震えて呼吸が弾んだ。

「はあああん、これすごい、ああああん、あああっ、圭太さんのおチ×チンで、あああん、奥がだめにされてるううう」

美熟女はついに瞳を泳がせ、淫語まで口にしながらよがり狂っている。

もう完全に身も心も暴走状態のようで、赤く上気した巨乳の先は尖りきり、膣奥からは次から次に愛液が溢れ出していた。

「ひあ、ひあああ、瑠璃子、ああん、こんなの知らない、ああん、ものすごいぃ」

いつも優しげな微笑みを見せる厚めの唇を大きく開いて、瑠璃子はただひたすらによがり泣く。

圭太の手で開かれている両脚は常に痙攣し、打ち下ろしのたびに丸めた身体の上で柔乳が波を打っていた。

「僕のが一番って意味ですか。今まで知らなかったくらいに感じているんですか？」

「そうよう、あああああん、こんなに気持ちいいの、初めてなのう」

彼女には元夫もいたし、他にも男性経験があるのかもしれない。そんな熟した女を人生で一番感じさせていると思うと、圭太はさらに興奮してしまう。

「あああっ、圭太さんのおチ×チンが子宮までズンズン来てるのう、大きくて固いので瑠璃子、頭がおかしくなってるうう」

大股開きの瑠璃子はそんな言葉まで口にしながら、垂れ目の瞳を蕩けさせる。

「ああっ……なってる私、おチ×チン好きの破廉恥な女になってるうう」

絶叫とともにギュッと両手を握り、瑠璃子は床の上の上半身をのけぞらせた。

「そうです、瑠璃子さんはチ×ポ好きの淫乱です。もっと感じてください」

彼女はもうそうとう感極まっているようで、自らを貶《おとし》めるような言葉まで口にしながら開かれた太腿を引き攣らせている。

媚肉のほうも肉欲の暴走に煽られているのか、ぐっと狭くなり、圭太はその絞るような感触の瑠璃子の中に怒張を打ち込み続けた。

「あああっ、ひあああん、ああああっ、なるわああ、あああっ、ああ」

「なれ瑠璃子、ケダモノになってイクんだ」

もう圭太のほうも猶予《ゆうよ》はない。なんとか射精は耐えながら瑠璃子の奥に向かって肉棒を叩きつけた。

「あああああっ、イクわあああ、あああん、瑠璃子、ああっ、牝になる、あああん」

ピストンが激しすぎて、丸めた身体の上で巨乳が千切れそうなくらいに踊りだす。

もう瑠璃子は半分意識を飛ばしているような感じで、ただひたすらに雄叫《おたけ》びのような嬌声を浴場に響かせ続けていた。

「ああっ、イク、イク、もう瑠璃子、あああっ、イクうううううう」

股間が真上を向くまで丸めたグラマラスな身体を引き攣らせて、瑠璃子は絶頂に達した。

肉体の反応は凄まじく、圭太の手で開かれている両脚が大きくうねってから、ビクビクと痙攣を起こした。

「ううっ、俺もイキます」

そんな彼女の反応に煽られるように、圭太も限界に達する。そのまま膣内で射精しそうになるが、今日は安全日のはずでないと、慌てて怒張を引き抜いた。

「うっ、くうう、出る」

必死で腰を伸ばすと、亀頭がつるりと滑りながら濡れた膣口から飛び出した。

同時に精液が迸り、瑠璃子の上半身や顔に降り注いだ。

「あっ、やあん、あ……」

玲奈に外出ししたときと体位は違うが、勢いのいい精液はあの日と同じように、美女の赤く染まった頬や濡れた唇を流れている。

整った顔を自分の出した粘液が白く染めている様子に異様な興奮を覚えてしまい、圭太は亀頭を動かすこともなしに、何度となく射精を繰り返した。

「あ……ああ……こんなにたくさん出して……ああ」

かなり濃くて匂いも強いように思う精液だが、瑠璃子のほうも丸めた身体を一ミリも動かさずにすべてを受けとめている。

それどころかうっとりとした様子で、精液が目の近くにまとわりついても拭おうともしないでいた。

「る、瑠璃子さん、ううっ、まだ出ます」

「あん、いいわ、もっとかけて、瑠璃子の顔に……」

何度も射精を繰り返す圭太と、瞳をとろんとさせてすべてを顔面に浴びる瑠璃子。

浴場に二人の荒い息づかいだけが響き続けた。

第四章　マジメ娘の素顔

　いつものように圭太は夜の営業が終わると、お弁当を届けに寮にやって来た。

「おまちどう、今日は三つでいいんだよね」

　聞けば、大学の運動部の大会が数日がかりであるらしく、バスケ部の玲奈も水泳部の一花も泊まりがけで参加しているのだそうだ。

　普段なら玲奈と亜矢で五個から六個のお弁当を頼まれ、受け取りの際には見張りと言って一花も立ち会うことが多いのだが、今日は亜矢だけだから三個のみだ。

「そう。でも一人で夜食に三個なんて、おばさんに言わないでね。恥ずかしいから」

　お風呂あがりの様子の亜矢は、上気した頬をさらに赤くしてそう言った。

　玲奈は運動をしているのだからお腹が空くのも当たり前だが、なにもしていない自分がたくさん食べるのは恥ずかしいと亜矢は言った。

「恥ずかしくないって。俺は亜矢ちゃんに美味しいって言ってもらえて嬉しいよ」

いつもこうしてお弁当を届けると亜矢は切れ長の瞳を細めて喜んでくれる。そんな幼馴染みの姿を見られるのが嬉しくて、利益がまったく出ないのも気にならなかった。

「もう、そんなこと言って……でも圭太ってしっかりしてきたよね。前とは違う人みたい。一花ちゃんや瑠璃子さんにも信頼されているし」

恥じらっていた亜矢がふと気がついたように圭太の顔を見つめてきた。

「そ、そんなことないよ。人間って本質は変わらないって……ここに来るのもずっとビビってるよ」

彼女の赤らんだ顔を間近で見つめる形になり、圭太はドキドキしてしまって声をうわずらせてしまった。

言葉のとおり、いまだ気が弱いのは変わっていないように思った。

「そう？　私の気のせいかな」

「うん、きっとそうだよ」

うまく言葉で繋げない。少しの沈黙が流れたあと、お互いに焦りながら笑いあった。

「わー、ほんとうにありがとう。ごめんね、お休みの日に」

今日はキッチンカーの営業は休みの日なのだが、圭太はなぜかS女子大の寮の調理場にいた。

学校も休みに入り、瑠璃子は法事で帰省していて、寮生も半分ほどはいないらしい。そんな中で料理をする者がいないというので頼み込まれ、午後からカレーを仕込みに来たのだ。

「うーん、いい匂い」

調理場で手伝ってくれたのは玲奈と一花だ。二人とも練習を終えてすぐに戻ってきてくれていた。亜矢は大学の教授の調査かなにかに同行していて不在だ。

「ちょっとまだ早いわよ。勝手に食べないで」

「いくら私でも、カレールーも入ってないのに食べないわよ」

野菜や肉を煮込んでいる大きな寸胴鍋《ずんどうなべ》を覗き込んでいる玲奈に、一花が文句を言っている。

「ほんと欲望のみで生きてるんだから」

一花がそう口走ると玲奈の顔がピクリと引き攣った。

「一花だって、自分の欲を抑えきれないこと、あるでしょ？　人間なんだから」

甘い物が大好きなことを言っているのか、確かに自分にも厳しい感じの一花だが、お菓子好きの気持ちは抑えていない。

「誰だってひとつくらいはあるわよ。玲奈ちゃんは垂れ流しだって言ってるの」

「垂れ流しってどういうことよ」

寸胴の前で二人はギャアギャアと言い合いを始めた。二人とも気が強いので一歩も引かない。

「はい、もうルーを入れるよ」

揉める二人を掻き分けて、圭太は用意していたカレールーを鍋の中に溶かしていく。

亜矢が圭太をしっかりとしていると言ったのは、こういうところの変化かもしれない。子供のころの圭太なら、女子二人が喧嘩を始めたら、きっとオロオロするだけだっただろう。

「これでよし、あとは寝かすだけだよ。玲奈ちゃん、ほんとに時間まで我慢しなよ」

いまはこんな冗談を言う余裕も持てるようになった。

ここの寮は彼女たちも含めて料理が苦手な寮生ばかりらしいが、カレーなら出来あがったらよそうだけなので問題ないだろう。

「はーい、六時以降に食べればいいんでしょ。お腹空いたから、部屋でパンでも食べようっと」

圭太にまで馬鹿にされたと思ったのか、玲奈は唇を尖らせて調理場を出ていく。ただまあ本気で怒っているわけではなさそうだ。

「そうだ圭太さん、ちょっと聞きたいことがあるんだけど」

玲奈が姿を消すと一花が急に真剣な顔になって圭太を見つめてきた。彼女は身長があまり高くないので、母親とは違って少しきつめの印象を受ける大きな瞳が圭太を下から睨んできた。

「な、なに？」

その性格のせいもあるのか一花は目力《めぢから》がすごい。顔は基本的に美少女顔なのだが。

「お母さんと、なにかあったでしょ」

「な、なんのこと……？　なにかって、な、な、なにかな？」

小さめの可愛らしい唇から出た言葉に、圭太はびっくりして後ずさりした。

返答もしどろもどろで、これでは自分から認めているようなものだ。

「そ、そろそろ俺もおいとましようかな」

強い彼女の瞳を見ていられずに、圭太は勝手口に向かおうとした。自分でもしっかりしてきたと思っていたが、やはり人間の本質は簡単には変わらない。

焦るとごまかすどころか言葉もうまく出せなかった。

「したのね、お母さんと」

そんな圭太の前に、一花は回り込んできた。ショートパンツにTシャツの十九歳は通せんぼをするようにしてはっきりと言った。

剝き出しの瑞々《みずみず》しい太腿が完全に露出《ろしゅつ》しているが、欲情する余裕などない。

「し、したって……どうしてそんな」

「お母さんの態度を見てたらわかるわよ。お父さんが死んでからあんな顔することなかったのに、圭太さんの話になると急に女になって」

勝手口を自分の身体で塞ぐようにして立ちながら、一花はもう圭太のシャツの袖を摑んでいる。

「い、いや、その」

なにか証拠があるわけではないのだろうが、一花の勘《かん》はまさに的中であり、圭太は言い訳すら出てこなかった。

「あらら、瑠璃子さんも圭太さんとしちゃったんだ」

追いつめる美少女を前になにも出来ずにいると、食堂に繋がる出入り口のほうから女性の声がして、大きな人影が現れた。

「牛乳を冷蔵庫に入れてたの、忘れてたのよ」

ハーフパンツから長い脚を見せているのは玲奈だった。彼女は圭太に迫る一花を見ても平然とした顔で冷蔵庫の扉を開いた。

「お母さん〝も〟って？」

玲奈の言葉に反応した一花が厳しい目を向こうに向けた。

「うん、私もしたよ。圭太さんの大きくて気持ちいいんだよー。瑠璃子さんもおかしくなるくらい感じちゃったかもね」

このセックスアニマルはオブラートに包むという言葉を知らないのか、あっさりと言いながら牛乳の紙パックを開いて口飲みしている。

「邪魔してごめんね。そうか瑠璃子さんも気持ちよくしちゃったか、アレで」

一花も圭太も口をぽかんと開いて絶句する中、玲奈はスタスタと歩いて食堂のほうに姿を消した。

（ど、どうすんだ……これ……）

二人きりになった調理場に沈黙が流れる。一花はじっと黙って下を向いている。

圭太はもちろんどうしていいかわからない。

「ちょっと来て、圭太さん」

どういう風に詰められるのかとビビっている圭太の腕を、一花は強く引っ張って食堂のほうに歩きだした。

「えっ、ちょっと一花ちゃん、どこに」

水泳部で期待のホープと言われている一花は男顔負けに力が強い。圭太の腕をグイグイ引いて彼女は寮の階段をのぼっていく。

エレベーターがない建物の三階まで階段をあがり、連れて行かれたのは一花の部屋だった。

「な、なにをするつもりなの」

勝ち気な一花に対し、気弱な圭太は女々《めめ》しさ全開だ。ただ生真面目で厳しい性格の一花の部屋は、可愛らしい置物が置かれていたりして女らしい。

ベッドのシーツも小動物の柄《がら》で少女っぽく、彼女の普段のイメージとはちょっと違っていた。

(俺があげたお菓子のリボン……)

圭太はクッキーを売るときにリボンでビニール袋を結んでいるのだが、いままで渡した分のリボンが小さな透明のケースに入れられている。

さらにはまだ食べていないクッキーも綺麗に並べられていた。

「こっち」

ただ、いまの一花は眉間に眉を寄せて怖い目つきになっている。圭太の両腕を掴んで強引に振り回し、ベッドに押し倒してきた。

「ちょっ、ちょっと一花ちゃん」

ベッドに向かって放り出され、シーツの上で圭太はバウンドした。

仰向けになった圭太の腰の上に、一花は肩までの髪を揺らしながら跨がってきた。

「お母さんとエッチしたのね、圭太さん」

ショートパンツから伸びる瑞々しい生脚で圭太の腰をはさみ、一花は両手で肩を押さえつけてきた。

「す、すいません」

彼女の怖い目つきに、刑事に尋問されているような気持ちになった圭太は、そんな言葉しか出てこなかった。

「玲奈さんとも、してたのね」

続けての言葉に圭太はただ頷くしかない。もうさすがにごまかしても無理だと思う。

ただ一花は自分をどうするつもりなのだろうか。瑠璃子が戻ってきたらまとめて説教をされるのだろうか。

「亜矢さんと付き合ってるんじゃないの？　圭太さんは」

「え、そ、それはない、亜矢ちゃんはほんとうに実家が隣同士なだけだって」

さらにそう問い詰められたが、ここだけは圭太ははっきりと言った。最近は亜矢に女を感じて戸惑ってはいるが、男女の関係とはほど遠い。

「ほんとうに？」

「ほんとうだって、信じてもらえないかもしれないけど」

この寮だけで二人もの女性と関係をもった自分が言っても信頼性はないのかもしれないが、圭太は懸命に言い訳した。

「玲奈さんやお母さんとも正式に付き合ってるわけじゃないよね」

じっと圭太の目を見つめたまま、一花は唇を尖らせている。

「玲奈さんはセックスもスポーツのうちだと思ってるし、お母さんは彼氏が出来たのなら絶対私に言うし、恋人じゃないよね」

「そ、そのとおりです、はい。流れでつい……」

圭太が頷くと一花はようやく肩から手を離した。ただまだ膝立ちの生脚で圭太の腰をはさんで跨がっているのはかわらない。

「じゃあ、私とエッチしても問題ないよね。恋人じゃないのなら」

「ええっ」

驚きの言葉に圭太が絶叫する中、一花は大胆に自分のTシャツを頭から抜き取った。

中からブルーのブラジャーに包まれた巨乳が現れる。服の上からでもわかっていたが、実際に見るとかなり大きく谷間もくっきりと浮かんでいる。

「亜矢さんの彼氏だと思ってたから遠慮してたのに。あの性の動物ともさっさとしちゃうなんて」

不満そうに文句を言いながら、一花は圭太のシャツのボタンを外し始めた。

「えっ、ええ、ど、どういうこと。ええっ」

いきなりの展開に圭太は混乱するばかりだ。最初に夜の駐車場で出会ったときに門限破りを厳しく諫《いさ》めた真面目な少女からは想像のつかない行動だ。

「私だって圭太さんが欲しいよ。私のこと嫌いならやめるけど」

少し拗《す》ねたような顔で一花は仰向けの圭太を見下ろしている。その印象的な大きな瞳は少し潤んでいるように見えた。

「そ、そんな、いやだなんて思ってないよ」

こんな可愛らしい女の子にブラジャー姿で跨がられて、興奮しないわけはない。

さらに彼女のどんどん濡れてくる瞳を見ていると、胸まで締めつけられた。

「よかった。でもしたからって付き合ってくれとは言わないからね」

悲しげな顔から一転して微笑みを浮かべた一花は、自ら背中に手を回してブラジャーのホックを外した。

「うおっ」

レースがあしらわれたカップが落ち、二つの巨乳が姿を見せると圭太は思わず声をあげてしまった。

十九歳の若さを誇示するように乳房は見事な丸みを持ち、下乳など強い張りがある。身体は小柄なのに片方がドッジボールくらいはあるのではないかと思うくらいの大きさで、それを下から見あげる形になっている圭太は、ただ見とれるばかりだ。

「うふふ、Gカップあるんだよ」

なのに乳頭部はやや狭めで乳首も小粒でピンクだ。まさに芸術品のような巨乳を自らの手で持ちあげながら一花はにっこりと笑った。

「大きさはお母さんには負けるけどね」

そう言いながら圭太のシャツを脱がした玲奈は身体を覆いかぶせてきた。

張りの強い乳房が上半身裸の圭太の胸の上でぐにゃりと潰れて形を変える。乳首の固い感触が肌に感じられた。

「ねえ、チューして」

可愛らしい声で囁きながら一花は唇を寄せてくる。そっと目を閉じた美少女に魅入られながら圭太は唇を任せていく。

「んんん、んく、んんんんん」

一花は大胆に舌を差し入れて絡みつかせてきた。圭太もそれに応えて大きく自分の舌を動かした。

「ん、あふ、んんんんん、んく」

仰向けの圭太に覆いかぶさる小柄な身体から力が抜けていく。圭太はよく引き締まっている彼女のウエストに腕を回して抱き寄せ強く吸った。

「んん……んん……あふ……」

一花のほうは両手で圭太の頬を包むようにしてはさみながら、鼻を鳴らして舌を動かし続けている。

圭太の腰の上にある彼女の下半身がゆっくりとうねっているのがまたいやらしい。

「んく……ふあ……ああ……圭太さん、すごくエッチなキス」

そしてようやく唇が離れると、一花は瞳を蕩けさせて見つめてきた。

もう顔全体が色っぽく上気していて、半開き唇からずっと湿った息が漏れていた。

「じゃあもっとエッチところにもキスするよ」

真面目で固いタイプだと思っていた美少女が一気に牝の顔を見せている。圭太ももうためらう気持ちは消え去り、自分と彼女の身体をくるりと入れ替えた。

「あっ、やん」

とくに抵抗する様子もなく、一花は丸く巨大な乳房を弾ませながらベッドに仰向けになった。

女の子らしい部屋にベッドのバネが軋む音が響く中、こんどは上になった圭太は彼女のショートパンツを脱がしていく。

「あっ、圭太さん」

ショートパンツの下からブラジャーと揃いのブルーのパンティに包まれた腰が露《あら》わになった。

平泳ぎの選手だと聞いている彼女のヒップの周りはムチムチと肉が乗り、太腿にもしっかりと肉がついているのが男心をそそった。

「全部見るよ」

「あっ、いやん」

ここまで一切の抵抗を見せていない一花だったが、パンティを下げていくと少し恥ずかしげに腰をくねらせた。

ただ強い抵抗があるわけではないので、そのまま引き締まった足首から最後の一枚を脱がせた。

「あっ、全部見られたら……恥ずかしいかも」

大胆に迫ってきたくせに、仰向けの身体全体を赤くして一花は顔を横に伏せている。

ただ薄毛の股間の奥に見える秘裂のほうから、少し甘い香りがしてきた。

(もう欲情しているんだな……一花ちゃん)

美少女顔の彼女が恥じらう姿に圭太は強い興奮を覚えながら、ムチムチとした太腿を割り開いていく。

ビラが小さくて固そうな女の裂け目はすでにしっとりと濡れている。キスだけで一花はここを濡らしていたというのか。

「一花ちゃんのここに、たくさんキスして、もっと濡らしてあげる」

圭太はわざと彼女の羞恥心を煽りながら、開かれた両脚の間に顔を埋めた。

「あっ、圭太さん、あっ、だめっ、ああっ、はあああん、そこは」

小さめのクリトリスの突起を舌で愛撫すると、一花は腰を大きく跳ねあげた。

「ああぁっ、だめっ、あああん、そんな、あああっ、そこばかり、ああっ」

舌先で突起を転がすように舐めると、一花は圭太によって開かれた両脚を震わせてよがり泣く。

可愛らしい顔立ちの一花が耐えきれないといった感じで喘ぐ姿がたまらない。

「んんん、んんん、一花ちゃん、すごく溢れてるよ」

「あああっ、はあああん、だって、あああん、あああ」

クリトリスを舐めながら、下側にある膣の入口も舌先で撫でるように愛撫する。

甘い蜜のような愛液を拭い取るように舐めても、次から次に奥から粘液が流れ出してきていた。

「あああん、圭太さん、ああっ、だめっ、あああっ、私、感じすぎちゃう」

仰向けのまま両脚をだらしなく開いた一花はどうしようもないといった風によがり泣きを続ける。

自分よりも遥かに大きな玲奈を怒鳴りつけたりする強気な彼女の姿は、もう一ミリもなく、ただ快感に翻弄される淫女となっていた。

「たくさん感じていいよ、んんん」

「あっ、だめ、あああん、お口よりも、あああん、圭太さんので、ああっ」

喘ぎながら一花は腕を伸ばし、自分の太腿のところにある圭太の手をギュッと握ってきた。

そして蕩けた瞳を向けて切ない顔で訴えてきた。

「いいよ……あ……でも」

もちろんだが圭太はそんなつもりで寮に来ているわけではないので、避妊具の類いは用意していない。

自ら圭太をねだっているとはいえ、基本的に真面目な一花が生でするだろうか。それに圭太のモノは大きいので彼女がもしコンドームを持っていたとしてもサイズが合わないように思えた。

「お薬……あとから飲んでも避妊できるお薬あるから、そのまま来て圭太さん」

戸惑う年上の男に対し、一花はうっとりとした顔のままでそう言った。

「へっ、避妊薬？」

「玲奈さんにもらったの、分けてあげるって」

「そ……そうなんだ……」

玲奈は圭太とセックスをするときはいつも薬を飲んでいるからと、中出しをねだってくる。

そんな彼女なら、あとから飲んでも効くタイプの避妊薬を持っていても不思議ではない。

（でもどうしてそれを一花ちゃんに……汚らわしいとか言われそうなのに）

ただ不思議に思うのは、それが真面目で融通の利かない寮母の娘の手にあることだ。

その理由として圭太が思いつくことがあるとすれば、玲奈と一花はセックスの話をある程度オープンにしている仲だということだ。

そう考えると先ほど食堂で玲奈があっさりと一花に、自分も圭太としたと話したのも納得出来た。

(一花ちゃんも積極的なタイプなの?)

普段の彼女の態度からは想像も出来ないが、裸で全身を赤く染めて瞳をとろんとさせている一花の姿を見ると、あり得ない話ではないと思えてくる。

少女のような幼げな顔の一花にそんな淫蕩な女が眠っているのか。

「ねえ……圭太さん……どうしてなにも言わないの」

そんなことを考えて固まっていると、自分の脚の間にいる圭太に一花が切なそうに聞いてきた。

その声もやけに艶っぽく、唇はずっと半開きのままだ。

「いやごめん。なら大丈夫だね」

一花の本性はどっちなのか、圭太は胸を高鳴らせながら裸になった。

「きゃっ、こ、これ?　玲奈さんが言ってたの」

全裸になったので当然のごとく肉棒も丸出しになる。先ほどから一花の色香にあてられっぱなしの愚息はすでに天を突いて反り返っていた。

ずっとうっとりとした表情だった一花も、大きな瞳を見開いてびっくりしている。

「そうだよ。これからコイツが一花ちゃんの中に入るんだ。大丈夫？」

いちおうそう聞きながらも、圭太は我慢出来ずにいきり立ったモノを一花の股間に擦りつけた。

「あっ、いやん、はあああん」

逸物の大きさに少し引き気味のように思えた一花だったが、濡れた秘裂に竿を強く擦りつけてやると、甘い声をあげてのけぞった。

小柄ながらに筋肉もついた肉感的な身体が小刻みに震え、どんぶり鉢を伏せたような張りのある巨乳がフルフルと波打った。

「いくよ」

焦《じ》らすつもりなどない圭太は硬化した亀頭を彼女の膣口にあてがい、ゆっくりと押し出していった。

「あっ、はあああん、圭太さん、ああっ、これっ、ああっ、大きいよう」

シーツをギュッと摑んで仰向けの身体をよじらせ、一花は大きく瞳を見開いた。

開かれた脚がビクッと震え少し苦しそうに呼吸している。

「辛い？」

「ううん、平気だから、ああっ、こんなに大きいの初めてだから、あっ、ああっ」

会話をしながら圭太は無意識に腰を少し前に押し出してしまった。いけないと思ったが、一花は一気に声色《こわいろ》を変えてのけぞった。

「ああっ、あああっ、来て圭太さん、あああっ、はああん」

彼女のその言葉に導かれるように、圭太は肉棒をどんどん前に進めていく。

かなり狭い膣内だがすでに愛液にまみれていて、圭太の巨根をなんとか飲み込んでいく。

「ううっ、一花ちゃん、きつい」

亀頭に対する締めつけはかなり強く、ぬめった媚肉がエラや裏筋を擦りあげ、その度に快感が頭の先まで突き抜けた。

「ああん、圭太さん、あああっ、まだ来るの、あっ」

「一花ちゃん、奥に、くうう、いくよ」

互いに喘ぎ声をあげながら、圭太は肉棒を押し出し一花はそれを受けとめる。

最後は奥を捉えた肉棒が、子宮口を押し込むように打ち込まれた。

「ああぁっ、はああああん、これ、ああああぁ」

根元まで怒張が沈みきるのと同時に一花は唇を大きく割り開き、仰向けの身体をのけぞらせて喘いだ。

大きな瞳は完全に宙をさまよい、だらしなく開かれた肉感的な脚がヒクヒクと痙攣を起こしていた。

「ああっ、す、すごい大きい、ああっ、こんなに深く来るの？」

大きな瞳を白黒させながら一花は仰向けの身体をずっと小さくよじらせている。

呼吸は大きくなっているものの辛そうな感じは受けず、絶えず甲高い声があがっている。

(馴れているってわけではなさそうだけど……)

先ほどの疑問。一花はセックスに積極的なタイプの女なのかというのはまだわからないが、気持ちよくなることに戸惑いはないように感じる。

玲奈にも共通する、自分の欲望に素直なところがこの一花にもあるように思えた。

「動くよ、一花ちゃん」

清純な熟女といったタイプの母親も快感に溺れ始めると歯止めがなくなる。その娘にも同じ淫蕩な顔があるのか。

圭太は興奮しながら腰を使いだした。

「ああん、圭太さん、あああっ、奥に、あああっ、すごい、あああん」

血管が浮かんだ巨根がぱっくりと口を開いた膣口を出入りする。ここでも一花は痛がるそぶりなど見せず快感の声を大きくしていく。

圭太も勢いがつき、腰を大きく振って怒張を突きたてた。

「ああん、あああっ、圭太さん、あああ、あああん、いい、あああっ」

いつもは凛々《りり》しい大きな瞳を虚ろにして、一花はよがり泣きを続ける。

仰向けの上体の上で、張りの強いGカップがブルブルと激しいダンスを踊った。

「奥がいいんだね、一花ちゃん」

最高の反応をみせる美少女の鍛えられた両脚を抱え、圭太も息が弾むくらいに怒張をピストンした。

「ひあああん、あああっ、いい、あああん、もうどこがいいのかわからない、あああん、全部いいのう」

圭太に崩れた顔を向けながら一花はそう叫んだ。もう頬から耳まで真っ赤だ。

「じゃあこういうのは、どう？」

全部と言われて圭太は腰の動きを大きくして、長いストロークのピストンに切り替えた。

膣口からこぼれ落ちる寸前まで亀頭が引かれたあと、一気に最奥に向かって突きたてる。

「ひいい、あああん、こんなの、ああああん、圭太さん、ああっ、一花狂っちゃう」

巨大な亀頭が濡れそぼる膣道をエラで引っ掻きながら後退したあと、最奥に向かって勢いよく打ち込まれる。

これが繰り返されると一花は唇を大きく割り開き、目を泳がせて感じまくっている。

「俺もすごく、一花ちゃんの中がきつくて気持ちいいよ」

長い動きでピストンすると、一花の狭い膣道に絶えず亀頭のエラが擦られ、圭太もたまらない。

快感に腰が震えて膝から力が抜け、いまにも達してしまいそうだ。

「あっ、あああん、一花も、ああっ、たまらない」

「くうう、おお、一花ちゃん」

互いに声をあげながら二人は至上の快感にのたうち貪った。

「はうっ、ああっ、一花、もうイキそう」

そして一花のほうが先に限界を口にした。上半身の上で大きく弾む乳房の先端を固く尖らせて、下腹を小刻みに震わせている。

「一花ちゃん、こっちへ」

圭太のほうもいまにも射精しそうなのだが、このまま終わりではもったいないという思いが出てきた。

一花の大きくくびれた腰に腕を回した圭太は、小柄な彼女の身体を持ちあげる。

「あっ、圭太さん、ひあああ、これ、ああああん、だめええ、あああ」

そのまま圭太はベッドに尻もちをつき、一花のむっちりとしたお尻を自分の膝の上に乗せた。

体位を対面座位に変え、下から勢いよく怒張を突きあげた。

「はあああん、ああっ、ああん、もっと深くに、ああ、たまらないよう、あああん」

圭太の膝の上で一花は両腕をだらりとして揺らしながら、瞳を虚ろにしてよがり泣く。

もう全身の力が抜けているのだろうか、まるで糸が切れた操り人形が揺れているようだ。

「おおっ、一花ちゃん、ううううう」

完全に快感に飲み込まれている一花の身体に、圭太はベッドのバネも利用して激しく怒張を振りたてる。

張りが強く丸い巨乳が千切れそうなくらいに弾み、肉棒が出入りする膣口から愛液が飛び散った。

「あああん、一花、もうイク、イッちゃうううう、あああっ」

ムチムチとした脚で圭太の腰をはさみ、一花は小柄な身体を大きくのけぞらせた。

唇は大きく割れて開き、瞳はもうどこを見ているのか視線が定まっていない。

「イッて一花ちゃん、くうう、俺も一緒に、おおお」

圭太のほうも一花の媚肉のきつい締めつけと、濡れた粘膜の甘い擦りあげに限界を迎えていた。

最後の力を込めて一気に一花の最奥に亀頭を打ち込んだ。

「あああん、あああっ、イク、イクうううううう」

巨乳をこれでもかとバウンドさせ、一花は背中を弓なりにして絶叫した。

ここの寮が防音設計でなければ廊下まで聞こえているのではないかと思うような、強い雄叫びだった。

「くうう、一花ちゃん、俺もイクっ」

一花の絶頂と同時に媚肉がこれでもかと圭太を締めつけてきた。搾り取るような膣の脈動に導かれるように圭太も達する。

亀頭が大きく膨らむと同時に熱い精が彼女の最奥に注がれた。

「あああん、来てる、ああっ、あああん、まだイッてる、ああっ」

圭太の膝の上で一花はビクビクと両脚を痙攣させ、何度も続く絶頂の発作に酔いしれている。

彼女の身体がのけぞるたびに丸いGカップが大きくバウンドしていた。

「ううっ、一花ちゃん、くうう、ううっ」

圭太も彼女と同様に何度も腰を震わせながら精を放ち続けた。強く締めてくる一花の膣肉は母とはまた別の淫らな締めつけで圭太を溺れさせた。

「はあはあ、はあああん、だめ……私……」

そしてようやくエクスタシーの震えが収まると、一花はがっくりと頭を落として圭太にしなだれかかってきた。

唇は半開きのままで荒い息が漏れているが、その表情は満足げだ。

「一花ちゃん……」

圭太はそんな彼女をしっかりと自分のほうに抱き寄せた。肉棒はだいぶ萎《な》えてしまっているが、まだ一花の中にあり温かさが伝わっていた。

「ほんとに大きくて固くてすごかったよ。私、何回か意識飛んじゃったし」

顔をゆっくりとあげた一花は、圭太の首に腕を回して軽くキスをしてきた。

「お母さんのことを言ってたけど……やっぱり俺のチ×チン目当てだったの？」

嫉妬したような雰囲気を出して圭太に迫ってきた一花だったが、ほんとうは圭太の肉棒が目当てだったのだと、彼女の言葉と態度から感じた。

一花も玲奈と同じように性欲に正直なタイプなのかと疑った考えは、間違っていなかったのかもしれない。

「えー私は……そんなことないよ。圭太さんと……えーと」

一花は圭太から目を逸《そ》らしてごにょごにょと言っているが、結局は圭太の巨根を味わいたかったというのが本音のようだ。

「あっ、忘れてた、私、お風呂の掃除しないと……」

半分棒読みのような感じで言った一花は急いで服を着ると、圭太を置いて部屋を飛び出していった。

「ふう……」

圭太は半ば呆れるような思いで十九歳の淫らな美少女を見送った。

「大事な相談っていうから急いで来たら、結局、これか」

玲奈からメールが来て、どうしても相談したいことがあるからお昼に時間が取れないかと言ってきた。

お昼の営業を終えた圭太は、S女子大までキッチンカーで出向き、玲奈と合流した。

「あっ、あああん、だって、はあっ、性欲が爆発して死んじゃいそうだったんだよ」

トラックタイプの車の助手席に玲奈を乗せ、どこで話を聞こうかと思っていると、彼女は行き先は決めてあると言ってきた。

そのとおりに運転してたどり着いた先はラブホテルだった。当然、圭太は文句を言ったが頼み込まれて断れなかったのだ。

「あっ、あああああん、圭太さんは私が他の男としてもいいの？」

結局繋がった二人は、騎乗位で玲奈が仰向けの圭太に跨がって快感を貪っていた。しなやかで鍛えられた長身の白い身体が圭太の腰の上で躍動し、Fカップの巨乳がブルブルと波を打って弾んでいた。

「そ、そんなこと……えっ？　他の人とはしてないの？」

セックスはスポーツだと言っていたのに、男は圭太だけだというような玲奈の言葉に戸惑ってしまった。

さすがに誰とでもというようなのはないだろうが、美しくてスタイルもいい玲奈なら引く手あまたのように思える。

「あああん、もうずっと圭太さん以外としてないよ。これはほんとよ、あああっ」

自ら身体を上下に揺すって圭太の肉棒を貪りながら、玲奈はうっとりとした目を向けてきた。

「もちろんおチ×チンだけじゃないよ。圭太さん優しいもん。料理上手だし」

そして玲奈は長い腕を伸ばしてラブホテルの大きなベッドに横たわる圭太の頬を撫でてきた。

細めた瞳が可愛らしく、圭太はドキリとしてしまった。

「料理って、食欲と性欲を満たしてくれるって意味じゃやないか」

「あん、あああっ、だからそれだけじゃないって。ああん、エッチもお弁当もなしにされたら死んじゃうかもだけど」

意味深なことを言いつつ、しっかりと自分の望みだけは口にしながら、玲奈はさらに強く腰を振りたててきた。

「くうう、うう、玲奈ちゃん、それきついって、くうう」

玲奈はまさに貪るように腰をガンガン叩きつけてくる。

引き締まった巨尻が圭太の股間にぶつかって乾いた音を立て、膣内では濡れた媚肉に亀頭が強く擦られてたまらなかった。

「あああん、だって、ああっ、腰が止まらないんだもん。ああん」

玲奈は天井を仰《あお》ぎながら張りの強いバストを揺らし、ただひたすらに圭太の逸物を貪り続けている。

「あっ、あああん、イッちゃう、ああっ、玲奈、ああっ、イクっ」

そして肉の少ないお腹を小刻みに震わせながら、圭太の上で白い歯を食いしばってのぼりつめた。

自ら膣奥を肉棒に擦りつけるようにしながらエクスタシーに溺れている彼女は、まさに牝そのものだった。

「あ……ああ……ごめんなさい……一人でイッちゃった」

何度かのけぞる身体を痙攣させた長身美女が、圭太の上に覆いかぶさってきた。

ふくよかなバストが二人の身体の上で押しつぶされて、ぐにゃりと形を変える。

「いいよ、別に」

ほとんどなにも動いていない圭太は、肉棒だけを堪能《たんのう》された気がして複雑だった。

「ありがと、やっぱり優しいね圭太さんは。好きよ、大好き」

ただ満足そうな玲奈を見ていると、嫌みなどは言えなかった。

そんな圭太の頬に玲奈は何度もキスをしてきた。うそかもしれないと思っていても、こんな美女に大好きだと言われたら嬉しい。

「あああん、圭太さん、ずっとすごく固い」

エクスタシーの発作が収まると玲奈は圭太に身体をかぶせたまま、ヒップを大きく上下に揺らしてきた。

「くう、はうっ、すごい、ううううう」

トップ選手の腰使いは凄まじく、桃尻が大きく、そして高速で動き続ける。

まだドロドロに蕩けている媚肉が肉棒の根元から亀頭までを絶え間なく擦りあげ、圭太は思わず顔を歪めた。

「あああん、圭太さん、あああっ、私、さっきイッたのに、ああ、もう気持ちいい」

玲奈の顔も再び蕩けてきていて、瞳を閉じて快感に浸りきっている。

そんな彼女を見ていると、圭太のほうも興奮してきた。

「玲奈ちゃん、もう一回イッて」

こんどは自分がと圭太は身体を起こす、肉棒を挿入したまま彼女の身体を太腿の上に乗せてベッドに座る。

体位を対面座位にかえ、下からのピストンを開始した。

「あっ、はあああん、ああっ、いい、あああっ、この体位好き、あああっ、ああ」

股間の密着度があがったことで怒張がさらに膣の奥に食い込む。玲奈は長い腕で圭太の肩を摑んだまま大きく背中を弓なりにする。

「うう、玲奈ちゃんの中、もっと締めてきた」

引き締まった身体には少々アンバランスに膨らんだFカップが大きくバウンドする。玲奈の燃えあがりもどんどん強くなっているのか、乳首は尖りきり膣内がぐっと狭くなってきていた。

「ああん、玲奈、だって、あああっ、奥、ああ、気持ちいいんだもん。ああ」

奔放で肉欲に正直な玲奈はそんな言葉を口にしながら、悦楽に浸りきっている。

(そういえば一花ちゃんも同じだったな……)

はからずもこの前、一花と行為を持った際と同じ対面座位だ。この体勢だと顔を近距離で突きあわせる形になるのでより感情も伝わってくる。

突かれるたびに快感に溺れていく美女たち。皆、普段とは違う顔を見せていた。

(亜矢ちゃんも感じだしたら……)

大食い以外は真面目でしっかり者の亜矢も快感によがり狂うのだろうか。

その姿をつい妄想してしてしまうと、圭太は異様な興奮を覚えるのだ。

「ああ、ああああん、圭太さんの、もっと固くなった」

幼馴染みの乱れ姿など想像してはいけない……その思いもまた、男の欲情に拍車をかけていた。

そして肉棒のほうにも反応が出ているらしく、玲奈が圭太の股間に跨がった長い脚を震わせて喘いだ。

「玲奈ちゃんのオマ×コが強く締めるからだよ」

まさか亜矢のことを想像していたからと言えるはずもなく、圭太はとっさにそう口にしながらさらに突きあげを速くした。

淫語を口にしたのはごまかそうという気持ちの表れかもしれなかった。

「あああん、はううん、いい、あああん、玲奈、オマ×コの奥、たまらないのう」

圭太の肩を強く握って、玲奈はまた背中を弓なりにして絶叫した。

彼女のほうは淫語を口にすることでさらに燃えあがっている様子だ。

「奥だね、玲奈ちゃん」

圭太は玲奈の驚くほど引き締まった腰を抱き寄せると、ベッドの反動を利用して膣奥に向かって高速のピストンを繰り返した。

豊満なヒップの真ん中に血管が浮かんだ肉竿が出入りを繰り返す。逸物はもう根元まで愛液に濡れ光っていた。

「ああっ、圭太さん、あああああ、すごいいい、ああっ、玲奈イク、もうイッちゃう」

突きあげの激しさに巨乳が大きく波を打って踊り狂う。

玲奈はラブホテルの部屋に絶叫を響かせながら、圭太に強くしがみついてきた。

「イッ、イクうううううう」

あごを圭太の肩に乗せて身体を預けるようにしながら、玲奈は頂点にのぼりつめた。

汗に濡れた白肌がビクビクと痙攣し、それが媚肉にも伝わってきた。

「くう、すごい、俺もイクっ」

脈動する膣肉に肉棒を絡め取られ、圭太も限界を迎えた。

膣内に怒張を打ち込んだまま、熱い精液を膣奥に放った。

「あああん、出して、ああああっ、あああん、玲奈のオマ×コの中、いっぱいにして」

甘えた声で訴えながら玲奈は自ら腰を突き出して、怒張を深く飲み込んだ。

「くうう、出すよ、ううう、たくさん、ううっ」

太腿の上の玲奈の身体を強く抱きながら、圭太は延々と精を放ち続けた。

行為も終わりラブホテルの駐車場に出てきた圭太は、玲奈の手を引いてキッチンカーに乗り込んだ。

キッチンカーにはもちろんだが、屋号も大きくペイントされている。平日の午後とはいえ駐車場には数台の車が停まっている。

もしお弁当を買いに来ているお客さんに見られているかもしれないと考えると、圭太は冷や汗が流れてきた。

「あー、気持ちよかった」

そんな圭太の気持ちとは正反対に、玲奈は笑顔で余韻に浸っている。

「もう今回だけだからな」

「はーい」

最後は圭太もつい燃えてしまったとはいえ、こんなやばいことはしたくない。

そもそもお昼の休憩時間も仕込みやなにやらで忙しいのだ。

「送るのは大学でいいんだよな」

彼女はこれから練習をするそうだ。とんでもないタフさだと思うが、プロのアスリートになるような人間はそのくらい並外れているのかもしれなかった。

「うん、ありがとう」

少し腰が痛い圭太は、つやつやの顔で微笑む玲奈をチラ見しながら、ラブホテルの入口を出た。

「あ……亜矢……」

ラブホテルの駐車場の出口の前には歩道があり、人が来る可能性があるので徐行して車を出した。

そのとき玲奈が助手席から窓の外を見て声をあげた。

「へっ」

その声にブレーキを踏んでキッチンカーを停める。圭太も横を見るとそこに驚き顔の亜矢が立っていた。

「なんで、亜矢ちゃんがここに」

「彼女のゼミの施設《しせつ》は別の建物なの、それがここから近いの」

固まる亜矢を同じようにぽかんとした顔で見ながら玲奈が呟いた。メインのキャンパスとは少し離れた場所にいくつかの学部を集めたビルがあり、そこはこのホテルからほど近い場所だそうだ。

「はっ、早く言えよ、そんな大事なこと……」

亜矢が近くにいると聞いていたら、せめてもう少し離れたホテルにしたのにと、圭太は文句を言うが、もう手遅れに思えた。

「いいじゃん別に。亜矢と圭太さんは恋人じゃないし、やっほー」

そう言った玲奈は軽い調子で笑って手を振っている。鉢合わせてからここまでわずか数秒、圭太には無限の時間に感じられた。

（あ、亜矢ちゃん）

玲奈の言っていることも間違いではないが、最近、亜矢を女性として意識するようになっていた圭太は焦って彼女を見た。

ただ窓を開けて言い訳するのは違う気がする。玲奈の言うとおり、亜矢は別に圭太と付き合っているわけではないのだ。

「あれ」

手を振る玲奈を見る亜矢の顔が驚きから無表情に変化した。そしてそのままなにも言わずに車の前を横切って歩いて行った。

「あらら、なんだろ」

亜矢の態度が信じられないという風に玲奈は見ている。どこまでもお気楽というか、セックスをすることに対する考えかたが根本的に亜矢とは違うのだろう。

そして圭太もしていることは玲奈とそれほど変わらない。言い訳など思いつくはずもなく、ただ去って行くワンピースの亜矢の背中を見送るしかなかった。

「亜矢も誘ったんだけど、もらって来てくれって。ひどいよね先輩を使って」

ラブホテルの翌日、夜遅くに頼まれたお弁当を届けると玲奈だけが取りに現れた。

「そうか……」

亜矢の携帯電話の連絡先も知っているが、圭太からメールも送る気持ちにはなれなかった。もちろんだが、向こうから連絡が来ることもなかった。

「そ、そう……」

ただ落ち込んでいるのは事実だ。亜矢に嫌われたくない。そんな感情を圭太は抱くようになっていた。

「別にいいじゃんエッチくらい、って言ったら、関係ないって怒りだすし」

「ええっ」

続けて玲奈が言った言葉に膝から力が抜けた。どうしてそんなよけいな発言をするのか。

「だって亜矢と圭太さんはただの幼馴染みでしょ。あの子がヤキモチ妬《や》くのも変だし」

確かにそのとおりなのだが、そんな引っ掻き回すようなまねはやめて欲しい。ただ圭太も堂々とそれを言うことは出来なかった。

(亜矢ちゃんと……か……どうせ無理だし……はっ)

もしラブホの件がバレていなかったとしても、あの真面目な亜矢が同じ女子寮の女と三人も関係を持った男と付き合うはずがない。

というかそれが普通の女子の感覚だろう。そう思ったとき、圭太はお目付役の一花のことを思い出した。

「い、一花ちゃん」

気がついたときには一花は玲奈のすぐうしろにいた。大きい玲奈の陰になってよく見えなかったのだ。

「こんばんは、圭太さん。今日もご苦労様です」

一花は他人行儀な感じで圭太に頭を下げた。顔は笑顔だが微妙《びみょう》な表情にも見える。

玲奈とラブホテルに行ったことを聞いて、心中穏やかではないのか。

「あら」

変なところだけ勘がいい玲奈はなにかを察したように、圭太と一花を交互に見た。

こちらは完全に二人の関係に気がついている様子だ。

「玲奈さん、もう遅いから圭太さんを早く帰らせてあげないと」

笑顔のままだが、その大きな瞳だけは笑っていないように見える一花が、低い声で言った。

「そ、そうだね、後片付けもあるし。じゃあ」

自分が行為を持った二人の女と同時に向かい合う。どちらも圭太を束縛するつもりはないとはいえ、やはり微妙な空気にはなった。

もうこの場には一秒もいたくない。圭太は慌てて逃げ出すように寮をあとにした。

第五章　巨乳に包まれる浴場

駐車場に工事が入ることになり、今日から三日間夜の営業は出来なくなった。お昼の営業のあと時間がまとまって取れるので、また瑠璃子に洋食を教えに訪れていた。

「圭太さん、ごめんなさい。お風呂の修理を手伝っていただけないかしら……ちょっとしたことなんだけど」

料理の仕込みがあらかた終わると瑠璃子は、お風呂の窓にがたつきがあってネジを締め直したいが届かないと、圭太を頼ってきた。

「いいですよ」

そんなことはお安いご用だと、圭太は瑠璃子のあとについて、寮の一階にある浴場に向かった。

平日の午後のいまはもちろんだが、他の寮生たちは大学にいっているので、人影はまったくなかった。

（あれ、湯気？）

　ここの浴場に入るのは二度目になる。誰もいないはずなので、圭太は瑠璃子よりも先にドアを開いて脱衣所に入った。

　脱衣所と風呂場はサッシで区切られているのだが、向こう側から少し熱が感じられ、湯気でガラスが曇っているように見えた。

「気のせいかな」

　うしろにいる瑠璃子はさっき風呂掃除の前に修理したいと言っていた。サッシは曇りガラスなので、自分の見間違いかもしれない。

　圭太は脚立をいったん置いてサッシを開いて中に入ろうとした。

「いらっしゃいませー」

　見間違いではなかった。引き戸のサッシが開くと同時に湯気が広がり、洗い場の真ん中にビキニの水着を着た二人の女が浴室用のイスに座っていた。

　浴槽にはお湯がすでにたっぷりと張られていて、そこからの湯気でサッシが曇っていたのだ。

「お待ちしてました、どうぞー」

　ビキニ姿の女は玲奈と一花だ。玲奈は赤の、一花は水色のものを着用している。

ただ布面積が異常に小さく。ブラジャーは三角の布が乳首を隠しているだけ、パンティも股間の部分以外は完全に紐だ。

「えーと、なんですかね、これは」

そんな破廉恥《はれんち》な水着を二人が着用すると、張りの強い四つの乳房が下も横も完全にはみ出している。

グラマラスな肉体をさらに強調するような水着で、二人は満面の笑みを見せていた。

どうしてこんなことになっているのか、圭太は背後にいる瑠璃子のほうを向いた。

彼女がなにも知らないはずはない。

「あの……この子たちが、圭太さんが元気がないって言うので」

瑠璃子は下を向いて申し訳なさそうに、そして恥ずかしげに薄手のカットソーの裾を摑んでモジモジしている。

圭太から視線を逸らしたまま彼女はゆっくりとそれをまくりあげた。

「えっ、ええっ」

ビキニの玲奈と一花は意外にも冷静な気持ちで見ていた圭太だったが、服を脱ぎだした瑠璃子には目をひん剝いた。

彼女は下着の類いは身につけていなかった。カットソーを脱ぎスカートを足元に落とすと、白くてムチムチとした身体の上にあるのは、Vの字形をした水着だった。

「る、瑠璃子さん、それは……」

最早水着というのも正しくないかもしれない。紺色の布が股間を隠したあと、二つのベルトに分岐して両乳房の上を通って肩に達している。

そのベルト形の布の横幅は乳首をなんとか隠せる程度で、瑠璃子の熟れた柔乳を上から押さえつけ、乳肉をこれでもかと歪めていた。

「圭太さんに元気を出してもらおうって、やっぱりおかしいですよね、こんなの」

このVの字水着はもちろんだが、瑠璃子の豊満な腰回りなどは完全に露出している。全裸よりも淫靡に見える姿で立つ美熟女は、もう顔を真っ赤にして恥じらっていた。

(た、たまらん)

水着が食い込む股間やいびつに形を変えた白い乳房。そして内股気味によじらせている肉感的な太腿。

熟した女の色香を凝縮したような肉体から圭太は目を離せなかった。

「そんなことないですよ。とっても綺麗でエッチですよ、お母さん」

「さあさあ、圭太さんも脱いで」

浴室のイスに座っていた二人が脱衣所に出てきて、圭太の服を脱がせ始めた。

「わっ、こらっ」

驚く圭太だったが、目の前の瑠璃子のあまりの卑猥さにあてられたのか、本気で抵抗する気力が湧かない。

玲奈と一花は手早く圭太のシャツを脱がせてズボンのベルトを緩め、トランクスまで引き下ろしてしまった。

「あらら、もうギンギンじゃん」

全裸にされた圭太の股間にある肉棒はすでに固く勃起していた。いまも目が離せない瑠璃子の肉体のせいだ。

「ふふ、ほら見てお母さん。圭太さん、もうこんなになってるのよ。お母さんの身体がエッチすぎるから、んんん」

反り返る圭太の逸物を指でしごきながら、一花は母に笑顔を向けている。確かにほんとうだから、なにも反論は出来ない。

そんな圭太の前に膝をついた美少女水泳選手は、舌先で亀頭をチロチロと舐めてきた。

「くうう、ううっ、だめだって」

一花は巧みに舌を動かし、圭太の亀頭のエラから尿道口をまでをも刺激してきた。

張りの強い巨乳が、彼女が動くたびに三角の布とともにフルフルと揺れる。

「うふふ、圭太さんのおチ×チン……んん……ヒクヒクしてる」

反り返る巨根をしごきながら、一花は先端にキスをし、また笑顔を見せた。瞳に淫《いん》蕩《とう》な光を宿す彼女の瑞々しい色香がたまらなかった。

「ほらお母さんを見て固くなっているチ×チンだよ。見てるだけでいいの？」

裸で立つ圭太の正面から少し身体を横にずらし、一花はVの字水着の母を見あげた。

「う……うん」

大胆な娘とは逆におずおずとした様子で瑠璃子は圭太の足元に膝を折り、ピンクの舌を這わせてきた。

「圭太さんに元気を出してもらおうって、んんんっ、この子たちが……んん、おいやじゃない？　んんん」

こちらは丁寧に拭うように圭太の竿から亀頭を舐め、瑠璃子は少し不安そうに見つめてきた。

どうやら亜矢のことで落ち込んでいると思った玲奈が、たくらんだようだ。

「くうう、はうっ、ううう、いやだなんて、すごくいいです、ううう」

どんな理由があろうと熟女の甘い舌を拒絶できるはずもない。そばで派手な赤の三角ビキニ姿で立ちながら、してやったりの顔をしている玲奈には複雑な感情だが。

「よかった、たくさん気持ちよくなってね、圭太さん、んんんん」

垂れ目の瞳を妖しくした瑠璃子は大きく唇を開いて肉棒を飲み込んできた。男のモノをしゃぶりながら淫蕩な表情に変わっていくのは親子共通している。

「くうう、ああっ、瑠璃子さん」

黒髪を揺らして瑠璃子は唾液の音まで立てながら激しいフェラチオをしてくる。

口内の粘膜が亀頭のエラを擦りあげ、圭太は快感で立っているのも辛いほどだった。

「んんん、んく、んん、ん、ん」

さらに怒張を喉のほうまで飲み込み、瑠璃子はもう身体ごと前後に揺らして圭太の逸物に奉仕し続ける。

ベルト状の水着が食い込んで歪んだ巨乳が、フルフルと波を打っていた。

「お母さん、すごくエッチなしゃぶりかた……んんんん」

母と同じように蕩けた表情を浮かべている一花も、圭太の股間に舌を這わせてきた。

その舌先は母がしゃぶる肉棒の奥にある玉袋に這わされていく。

「くうう、はうう、一花ちゃんまで、くうう、あうう」

肉竿を激しくしゃぶる母親、玉袋を丁寧に舐めていく娘。母娘同時に奉仕され圭太は膝を震わせながら腰をよじらせた。

「んふ、圭太さん、んんんん、固いわ」

一花はうっとりとした瞳を見せながら、玉袋から竿の根元あたりを舐めている。

「んんん、んく、ふあ、んんんんん」

母は娘の動きの邪魔にならないように圭太の亀頭のみを唇で包み込みながら、大きく前後に顔を動かしている。

唾液に濡れた唇がエラや裏筋にまとわりつき、これもたまらない。

「ああああっ、二人ともすごいよ、くうう、ううっ」

二人の女に同時にフェラチオしてもらうのも普通はないはずなのに、母と娘が一緒に、それも愛《いと》おしそうに自分のモノを舐め続けている。

もう圭太は夢見心地になり、肉棒を脈打たせながら甘い快感に浸りきっていた。

さらに視線を下に向けると自分の足元に跪《ひざまず》いた瑠璃子と一花のヒップが目に入った。

(お尻も揺れてる……)

二人ともにお尻のほうは水着の紐が食い込んだ状態で、尻たぶは完全に剝き出しだ。

母娘ともにお尻が大きなのは共通しているのだが、一花は若さ溢れる強い張りがあり、プリプリと指も弾かれそうだ。

（お母さんはフワフワだ……）

母親のほうは肌の張りでは娘には及ばないものの、白肌がしっとりとしていてマシュマロのような柔らかさを感じさせた。

タイプの違う大きく実った合計四つの尻たぶが、彼女たちの動きに合わせて揺れているのだ。

「んん、んんんん、あふっ、んくぅ」

そして親子の口淫はさらに激しさを増してくる。瑠璃子はチュパチュパと唾液の音を響かせながら亀頭をしゃぶり、一花は玉袋を口に含んで強く吸ってきた。

「はうっ、それだめだって、くうう、もう出ちゃうよ、うう」

亀頭からの快感と玉袋に吸いつかれるむず痒さ。二つの感覚に翻弄された圭太はなすすべもなく頂点に向かった。

「くううう、で、出る」

限界を告げても二人の舌や唇の動きは止まらない。圭太は腰骨が震えるような快感に身を任せ、脱衣所に立つ身体をのけぞらせた。

「ううっ、イク」

自分でも少々間抜けに思うくらいの喘ぎ声をあげながら、圭太は怒張を脈打たせた。

「はっ、はううう」

なんとか立っている下半身がブルブルと震え、熱い精液が飛び出していく。

頭の芯まで痺れるような快感に押し流されながら、無意識に腰を前に突き出した。

「んんんん……んん……んく」

ぶちまけられた濃く粘り気も強い精液を、瑠璃子は亀頭を唇で包み込んだまま受けとめている。

垂れ目の瞳が一気に蕩けていき、うっとりとした表情になっている。

「ううう、瑠璃子さん、くっ、くううう」

自分の肉棒を飲み込んだまま淫らに堕《お》ちていく美熟女を見つめ、圭太の興奮もピークに達した。

怒張が脈打ち、自分でも信じられないくらい、何度も発射を繰り返した。

「ん……んんん……んん……あふ……圭太さん」

その発作がようやく収まると瑠璃子はゆっくりと口を離していく。濡れ光る厚い唇と亀頭との間で白い糸が引いた。

「精子いっぱい出たの？　見せて、お母さん」

呆然とした表情をしている母親に一花が言った。垂れ目の瞳を艶めかしく蕩けさせている瑠璃子は顔を少し上に向けて口を開いた。

「すごい、こんなにたくさん。うらやましい」

そんな母親の口内を覗き込みながら一花は少し唇を尖らせている。どういう感情かは男の圭太にはわからないが、母親が精を受けとめたことが不満な様子だ。

(な……なんて……エロいんだ)

唇を大きく開いた瑠璃子の口内を、目の前に立って圭太も見下ろしている。ピンクの舌に白い歯、それらに大量の精液がまとわりついて粘っこい糸を引いていた。それが自分が出したものだと思うと圭太は異様な昂ぶりを覚えた。

「どうするの、お母さん」

「もちろん飲むわ……んぐ……」

娘の問いかけに即答した母は、躊躇《ちゅうちょ》なく口の中の精液を飲み干していった。男の淫液を、頬を紅潮させて飲み込む美熟女はたまらないくらいにいやらしかった。

「もう、私もちゃんと圭太さんの精子もらうからね」

瑠璃子の顔をじっと見つめる圭太に不満げに言った一花は、射精を終えてだらりとしている肉棒に舌を這わせてきた。

亀頭の周りには精液の残りと母の唾液がまとわりついているが、それを丁寧に舐めとっていった。

「はっ、はうう、一花ちゃん、くうう」

射精後の肉棒を刺激されるむず痒さに喘ぎながら、圭太はどこまでも淫靡な母娘に魅入られていくのだった。


口内射精の余韻に浸っていたい圭太だったが、女たちが許してくれるはずもない。すぐに浴室内に連れ込まれ、洗い場に敷かれたヨガマットのようなビニール製の薄いマットに乗せられた。

「なんだかどんどん、深みにはまっていくような」

そこに座った圭太を前後から、ビキニの身体にボディソープを塗りたくった一花と玲奈がはさみ、胸を擦りつけてきていた。

「いまさらなに言ってんのよ」

圭太の背後には玲奈がいて、膝立ちで三角ビキニ姿の身体を使ってボディ洗いをしている。

ブラジャーの小さな布は完全にずれていて、泡に濡れた乳房と乳首が圭太の背中に押しつけられたまま上下左右にと動き回っていた。

「そうだよ。私はとっくに圭太さんのおチ×チンの深みにはまってるわ」

前側には一花がいて、胡座《あぐら》座りの圭太の太腿に、鍛えられた筋肉の上にたっぷりと脂肪が乗った巨尻を擦りつけていた。

水色のビキニのパンティはTバックになっているので、剝き出しの尻たぶが圭太の脚を這い回っていた。

「あっ、ああん、なんかこれだけで変な気分に」

股間も擦る形になっているので一花は甘い声をあげる。ビキニのパンティも極端に布が少ないので秘裂が直接触れている感触があった。

「私も、あっ、乳首が、あっ、あああ」

うしろの玲奈も、ボディソープで摩擦が奪われた圭太の肌に乳頭が擦れるのが気持ちいいのだろう、長身の身体を震わせて喘いでいた。

二人の美女はさらに熱を込めてグラマラスな身体を圭太に擦りつける。

「あらら、圭太さん、もう大きくなってきた。さすがね」

前側にいる一花が圭太の股間を覗き込んで少し笑った。彼女たちの欲情にあてられたのか、さっき射精して萎えていたはずの肉棒がもう起きあがっていた。

いた。

「だって、こんな、く」

一花はここの筋肉の上に脂肪がついた太腿を圭太の肉棒をあてがって上下に擦っていた。

張りの強い肌でしごかれている状態になり、圭太は思わず声をあげた。

「ああ、圭太さん、私にもご奉仕させて」

こんどは交代と娘に言われて離れて見ていたVの字水着姿の瑠璃子が、圭太の腕を持って自分の身体のほうに引き寄せた。

圭太の肘を曲げさせて二の腕を垂直に立てさせると、瑠璃子はベルト状の水着に押しつぶされて歪んでいるIカップの谷間にはさんでしごいてきた。

「うっ、すごく柔らかいです、瑠璃子さん」

しっとりと吸いつくような乳房の肌が圭太の腕に密着して包み込む。あまりの心地よさに圭太は声を漏らした。

腕を豊乳でパイズリされるのがこんなに気持ちいいとは思いもしなかった。

「ああ、嬉しいわ圭太さん、たくさん気持ちよくなって元気出してね」

うっとりした顔でそう言った美熟女はVの字水着の胸元を外に向かってずらし、乳房を完全に露出してパイズリを再開した。

さらには舌で圭太の指を舐めてきた。

「くうう、瑠璃子さん、そんなことまで」

垂れ目の瞳を淫靡に輝かせて圭太の腕をパイズリし、指をしゃぶってくる美しく熟した女。

指も腕も蕩けるくらいに心地よくてたまらない。

（なんかもう、どうでもいいや……）

三人の過激な水着を着た美女が全身に絡みついているハーレムのようなこの状態。この極楽に逆らえる男がいるのかと圭太は本気でそう思った。

「あっ、あん、もう我慢出来ない、一花、いただきます」

小柄なグラマラスボディを正面から圭太に押しつけ、一花はビキニのパンティをずらした。

そして一気にいきり立っている肉棒の上に自分の股間を下ろしてきた。

「あっ、はああん、これ、あああん、この大きいの、たまらないよう、あああっ」

膣口に怒張を導き入れた一花は、ムチムチのヒップを沈めて飲み込んでいく。

すぐそばで母親が見ているというのに、なんのためらいもなく快感の声をあげた。

「ああ……一花……気持ちいいのね」

そんな娘を見て母の瑠璃子は驚く様子も見せず、ただうっとりとした顔で圭太の腕を乳房でしごき続ける。

もう瑠璃子も完全に発情しきっている様子で、圭太の指をねっとりと舐めていた。

「あっ、ああああん、奥、ああっ、すごい、ああっ」

美少女顔を歓喜に歪ませた一花は、圭太の膝の上で大きく背中をのけぞらせた。

張りの強いGカップがブルンと揺れ、水着がずれて乳首が飛び出した。

「ああん、いいい、ああん、圭太さんのおチ×チンから、もう、離れられない」

自ら股間を突き出し、対面座位で飲み込んだ肉棒を一花は懸命に貪っている。

その大きな瞳は泳ぎ、小さめの口も開ききって舌がのぞいていた。

「ふふ、一花ちゃんは、圭太さんはもう自分とはしてくれないのかなって、寂しがってたんだよ」

背後から圭太の背中に身体を押しつけている玲奈がそう囁いてきた。

彼女はいつの間にかビキニのブラジャーを外していて、乳房や乳首があたる感触が生々しくなっていた。

「ああっ、だってえ、あああん、圭太さん、もう来なくなるかと思ってえ、ああ」

亜矢とギクシャクしたことで圭太はもうお弁当の配達もやめてしまうのではないか

と心配していたと、玲奈がうしろからフォローした。

「そ、そんなこと、くうう、やめたりしないよっ、おおお」

十九歳のいじらしさを見せる一花に圭太は胸を締めつけられる。ただ亜矢とはなんの関係もないと、はっきり言えないところが自分の弱さだ。

「もっと感じて、一花ちゃん」

ここにいる三人に対する申し訳ないという気持ちを振り切るように、圭太は怒張を上に突きあげた。

彼女たちが自分を心配してくれる気持ちは正直に嬉しかった。

「ああっ、ああああああん、すごい、ああっ、一花、ああっ、狂っちゃう」

圭太のほうから怒張を打ちあげると、一花はもう目を泳がせ全身を震わせて喘ぐ。

たわわなバストをこれでもかと弾ませながら、圭太の膝の上で開いた太腿を引き攣らせた。

「ああ、一花、ああ、す、すごいわ、んんん」

瑠璃子も興奮した様子で圭太の腕を強く巨乳をはさみ、指に吸いついてきた。

「はあああん、一花、ああっ、お母さんの前でイッちゃう、ああっ、牝になる」

母に見られているという異常な状況にも一花はさらに興奮を深めているのか、圭太の肩を両手で摑んで獣のような雄叫びをあげる。

浴場に牝の声がこだまし、Ｇカップの丸みの強い巨乳が踊り狂った。

「くうう、俺もイクよ、一花ちゃん、おおおおお」

彼女の媚肉も狭さを増し、きつい締めあげに肉棒が絞られる。濡れた粘膜の中で亀頭が蕩けるような快美感に、圭太は懸命に腰を突きあげた。

「あああっ、来て、あああ、出してぇ。ああ、一花、イク、イクぅううう」

これがあの最初の夜に、玲奈たちに厳しい言葉をかけたきつめの少女と同一人物なのかと思うように、目尻も口元もだらしなく垂れさせて一花はのぼりつめた。

「くううう、俺も出る、イク」

ただその崩壊っぷりもまた男の支配欲を満たす。圭太は肉棒も心も激しく昂ぶらせながら一花の膣奥に向かって精を打ち放った。

「あああっ、来た、ああああん、一花の子宮に注いでぇ、ああっ、イクイク」

牝と化した一花はただひたすらに歓喜によがり泣き、圭太はそんな美少女の濡れ溶けた媚肉に何度も発射を繰り返した。

「あ、あああん、圭太さん、ああっ、まだこんなに固い、あああん、ああっ」

一花をイカせたあと、圭太は玲奈を立ちバックで貫《つらぬ》いていた。

もうビキニはすべて脱ぎ、全裸になった玲奈は、洗い場の壁に両手を置き腰を九十度に曲げて股間を突き出している。

圭太は濡れそぼったアスリート美女のピンクの媚肉に、勢いよく怒張をピストンしている。

プリプリとした張りのある美尻が、圭太の股間が叩きつけられるたびに波打っていた。

「ああん、いい、あああん、大きくて、あああん、素敵、あああ」

上半身の下で形のいいFカップを揺らしながら、玲奈はどんどん快感に浸りきっていく。

圭太自身も驚くほどに今日は何度射精しても肉棒が逞《たくま》しく復活する。それは女たちのグラマラスな肉体だけでなく、優しい気持ちにも呼応しているのかもしれなかった。

「いくらでも感じてよ、玲奈さん」

「はあああん、うん、あああっ、もうすごく悦んでるよう、ああ、玲奈のオマ×コ」

ただ玲奈だけはなんだかやりたかっただけのようにも思えるが、もうそんな細かいことはどうでもいい。

圭太は玲奈の最奥に向かって怒張をこれでもかと浴びせる。

「ああ……圭太さん、激しい……」

そんな二人を瑠璃子は洗い場に床にへたり込むような座りかたで見つめている。

彼女はあきらかに発情していて外側にずれたVの字水着によって寄せられた巨乳の先端はビンビンに勃起している。

そんな母の横で、イキ果てた娘は膣口から精液を垂れ流しながら、マットに横たわっていた。

「はああん、いい、ああっ、イッちゃう、あああっ、玲奈、あああん」

挿入を受けている玲奈のほうはそんなどころではない。外まで聞こえるかと思うような絶叫を響かせ、立ちバックの体勢の身体を震わせてる。

その顔は歓喜の笑みさえ浮かんでいて、まさに全身で圭太の巨根に溺れていた。

(たいへんだけど……ここまで悦んでもらえると)

連続して二回も射精したあとに、強烈なフェラチオをされて半ば無理矢理に勃起させられた。

もう腰や足がだるくて力もあまり入らないが、自分のモノで狂ったように歓喜する美女を見ていると、やはり男の本能が燃えてくる。

「もっと感じるんだ、玲奈ちゃん」

一気に昂ぶってきた圭太は、玲奈の洗い場の床に伸びた長い二本の脚の、右だけ持ちあげた。

「あっ、ああああん、この格好、あああん」

膝の裏に手を入れて抱えあげると、立ちバックで両手を壁についている玲奈は犬がおしっこをするときのようなポーズになった。

身体も捻《ひね》る形になり、肉棒が膣奥を捉える角度もかわり、玲奈はさらに強く絶叫を響かせた。

「すごい、入っているところが丸見え……愛液が飛んでる」

身体を開いて脚をあげているので、揺れる乳房やぱっくりと開いて肉棒を飲み込むピンクの秘裂が晒されている。

いつの間にか身体を起こしていた一花が驚き顔でそれを見あげていた。

「あああん、だって、ああっ、玲奈のすごく気持ちいいところにあたって……ああ」

陰毛の下で口を大きく開いて巨根を受け入れる自分の媚肉を後輩に凝視されても、玲奈はとくに恥ずかしがる様子もなく、さらに快感に溺れている。

もともと少しマゾッ気がある彼女なので、見られるのにも興奮しているのかもしれなかった。

「ここだね、玲奈ちゃん」

亀頭がぶつかっている膣奥の場所がさらに玲奈を乱れさせていると気がつき、圭太は強く腰を振りたてた。

横向きに晒された媚肉に、血管が浮かんだ逞しい肉竿が激しく出入りを繰り返した。

「あああっ、それ、ああああん、もうだめ、ああっ、玲奈、イク、イッちゃう」

この角度で入るのがよほどたまらないのか、玲奈は大きな瞳をさらに見開き、短めの黒髪を振り乱しながら首を振って叫んだ。

手脚の長い白い身体もピンクに染まり、湯気の中でFカップの巨乳が踊り狂った。

「あああああっ、イク、イクうううううう」

片脚立ちの下半身を派手に引き攣らせながら、玲奈はエクスタシーを極めた。

唇を割り開き満ち足りた表情を見せながら、繰り返す発作に溺れている。

「あっ、はうっ、あああ、いい、あああん、これ、あああっ、はあ……ああ……」

張りの強い巨乳をブルブルと弾ませて何度か背中を引き攣らせたあと、玲奈は力を失って膝を折っていく。

そっと肉棒を彼女の秘裂から抜き、洗い場の床にその身体を下ろしていった。

「はあはあ……ああ……すごかった……」

床にへたり込んだまま玲奈は満足そうに笑みを浮かべた。かなり息があがっているというのに目を細めている。

彼女の幸福感に溢れる表情を見ていると、圭太も少し嬉しくなった。

「次は……」

玲奈をしばらく見つめあってから、圭太はうしろを振り返った。

そこには三角ビキニがずれたままの一花と、Vの字水着にIカップの柔乳を押しつぶされた瑠璃子の母娘が座っていた。

「あ、圭太さん……お疲れなら私はもう……」

黙って彼女たちのほうを見下ろす圭太に、瑠璃子は遠慮がちに言った。

玲奈の中では射精しなかったのでいまだ勃起したまま、愛液にヌラヌラと光っている圭太の巨根から、恥ずかしそうに目を背けた。

「なに言ってるのよ、ずっとお尻揺らしてたくせに。ちょっと待っててね圭太さん、いま素直にするから」

すっかり元気を取り戻している感じの一花は、母の腕を引っ張ってマットに押し倒した。

「きゃっ、一花、なにを、あ、いやん」

乳首を隠す状態に直されていたVの字水着を、一花に強引に引き下ろされた母の瑠璃子は声をあげた。

Iカップのバストがブルンと飛び出し、水着はなんとか股間を隠しているだけとなっていた。

「こんなエッチなおっぱいしてるくせに」

マットに仰向けで転がった母にのしかかり、乳房を強く揉みしだきながら、一花は乳首を吸い始めた。

「あっ、やっ、お母さんになにをするの!? あっ、一花だめ」

ムチムチの白い脚をばたつかせて瑠璃子は悲鳴をあげているが、一花はお構いなしに母の巨乳を舌と手で弄んでいる。

「だめって、あん、あっ、はあああん」

もともと娘と玲奈の行為を間近で見て興奮している様子の瑠璃子は、娘の攻撃に翻弄されていく。

最初は悲鳴だった声もすぐに艶めかしい喘ぎに変わっていた。

「お母さんをその気にさせてあげる……ふふ、手を貸して玲奈さん」

「オッケー」

自分の母親を欲情させようとする娘。それだけでも異常な状況なのに、それに玲奈まで加わっていく。

横たわる瑠璃子を真ん中に向かって左に玲奈が、右側に一花が添い寝した。

「あっ、いやっ、玲奈ちゃんまで、あっ、ああ、恥ずかしいから、ああ、やめて」

女二人の指や舌が瑠璃子の熟した白い身体を這い回り、乳首を舐めたりおへそのあたりをくすぐったりしていく。

一花も玲奈もためらいがないというか、同性の肉体を大胆に愛撫している。

「これも脱がしちゃいましょう」

つい一分ほど前まで呼吸を荒くしてへたり込んでいたというのに、完全に回復した様子の玲奈が、瑠璃子の股間をかろうじて隠している水着を脱がせていった。

最早ただの布となったVの字水着が抜き取られ、みっしりと生い茂った黒い草むらが露出した。

「あらら、もうドロドロじゃん。恥ずかしいのはお母さんのここだよ」

布が去ると同時に、一花の指が黒毛の奥にある女の裂け目を嬲《なぶ》りだす。

娘の言葉のとおりにすでに愛液に濡れている瑠璃子の媚肉は、指が動くたびにヌチヤヌチャと湿った音を立てていた。

「あっ、あああん、いやあん、ああっ、あああああん、あっ、ああ」

顔を真っ赤にして身体をよじらせる瑠璃子は、絶えず淫らな悲鳴を浴場に響かせる。

玲奈の手も濡れた秘裂に伸びてきて、二人はクリトリスと膣口を同時に掻き回し始めた。

「ひあっ、両方なんて、あああっ、許してえええ。ああん、あああ」

もう瑠璃子の両脚から力が抜けていき、ほとんどがに股になっている。その真ん中で白い女の指が肉の突起や開いた穴を這い回っていた。

（す、すげえ……）

仰向けで両脚をだらしなく開いた美熟女を、両側に寝そべった女子大生たちがよがらせている。

乳房を揉まれ乳首を吸われ、秘裂も指責めされた瑠璃子はもう瞳を泳がせながらされるがままだ。

そのあまりに淫靡な姿に、圭太は口をぽかんと開けたまま見とれていた。

「ひあっ、全部されたら、ああん、激しい、私、ああ、だめになっちゃうから」

娘たちの舌や指は瑠璃子の性感帯をすべて刺激している。もう声色も一気に切羽詰まったものに変わっていった。

「ふふ、そうね、お母さんはここでだめになりたいんでしょ」

もう自失寸前といった様子の母の耳元に唇を寄せて囁いた一花は、指を二本、母の膣の奥に押し込んだ。

「あっ、あああああん、そこは、あああん、だめえ、あああ」

濡れきっているピンクの媚肉はあっさりと二本の指を飲み込み、同時に瑠璃子は身体をのけぞらせた。

「だめじゃないでしょ。欲しいのならちゃんと前に向いてお願いしないと……」

よがり狂う母の真っ赤に上気した耳元で一花が口にした言葉は、最後はよく聞き取れなかった。

「ええっ、そ、そんな、ああん、恥ずかしい」

「じゃあ、私たちの指でイッちゃうのかな？」

瑠璃子はカッと目を見開いて首を振る。そんな母の媚肉を一花はさらに強く掻き回し、フルフルと弾んでいる巨乳を揉みしだく。

さらには玲奈がクリトリスを摘まんでしごき、もう片方の乳房の先端にもしゃぶりついた。

「ああぁっ、ああああん、ひあああん、ああ、いや、あああん、圭太さんので、あああん、イキたい」

さらに激しくなったレズ責めに絶叫しながら瑠璃子は声を振り絞って叫んだ。

「じゃあ、ちゃんとお願いしないと」

一花の言葉を合図に玲奈も指を引きあげた。二人の呼吸があまりに合っていて、まるで打ち合わせでもしていたかのようだ。

「あ……け、圭太さん……」

二人の指が完全に離れると瑠璃子は蕩けきった瞳を、正面でただ立ち尽くしている感じの圭太に向けてきた。

ただ脚を閉じようとしたりする動きは見られず、濃いめの草むらの下でぱっくりと口を開いている秘裂はうごめく姿を晒し続けている。

「あああ、あなたのおチ×チンが欲しいの。ああん、その大きいので瑠璃子のオマ×コの奥を突いて、ああ、たくさん突きまくってぇ」

最後はほとんど叫び声のようになって瑠璃子は訴えてきた。娘の一花に仕込まれた言葉なのだろうが、ずっと腰をよじらせて目を潤ませる姿から本気度が見てとれた。

「は、はい、いきます」

美熟女の欲望に崩壊した姿とヒクヒクと軟体動物のような動きを見せる媚肉。

もう完全に魅入られた圭太は吸い寄せられるように、大きく開いたままの肉感的な両脚の間に膝をついた。

「あっ、あああ、圭太さん、ああぁっ、来て、あっ、はうん」

垂れ目の瞳を潤ませて膝立ちの圭太を見あげてくる瑠璃子の、蕩けている膣口に亀頭を押し込んでいく。

挿入が始まると同時に美熟女は切羽詰まった声をあげて、二人にはさまれている身体をのけぞらせた。

「くうう、すごく熱い」

ずっと欲情していたのだろうか、瑠璃子の中は愛液まみれの上に、やけに熱を持っていた。

入れると同時に、そんな熟した媚肉がねっとりと絡みついてきて、亀頭から強烈な痺れが走った。

「あっ、あああん、これ、ああぁっ、大きい、あっ、ああん」

もちろん瑠璃子のほうは圭太よりも激しく感じていて、二人の女の間で仰向けの肉体を引き攣らせて喘いでいる。

垂れ目の瞳は一瞬でさらに蕩け、半開きの唇から舌までのぞいていた。

（すごいよな……ほんとうに別人だ）

普段はほんとうに清楚な未亡人といった風情で、身体がグラマラスなこと以外はあまり性の雰囲気を見せないのに、感じ始めると別人になる。

ただ自分の肉棒が彼女を崩壊させているとしたら、それはそれで男冥利《みょうり》に尽きる。

「奥いきますよ、瑠璃子さん、覚悟してください」

圭太はがに股にだらしなく開いたままの、肉が乗った彼女の脚を両手で押さえ込んで固定すると、一気に腰を前に押し出していった。

「は……はい……あっ、ああああっ、来たああ、あああ」

怒張が濡れ溶けた膣道を押し開きながら膣奥に達し、そこからまたさらに食い込むように打ち込まれた。

「いい、あああん、これを待ってたの、あああん、圭太さん、ああっ」

歓喜の笑みを浮かべた瑠璃子は両手を握ったり開いたりしながら全身をくねらせる。

腰の動きに合わせて、仰向けの身体の上でIカップのバストがブルブルと弾んだ。

「瑠璃子さんの中もすごく絡んで、く、気持ちいいですよ」

ねっとりとした媚肉が亀頭全体を包み込み、彼女の体温が伝わってくる。圭太はもう男の本能で腰を大きく使いだした。

「はああん、あああっ、私の、あああん、中が悦んでるの、あああん」

もうすぐに切羽詰まった声をあげた美熟女は、すべてを受けとめるように自らさらに両脚を開き圭太の巨根を受けとめる。

大開きで晒された漆黒の陰毛と口を開ききったピンクの秘裂。そこからヌチャヌチャと淫靡な音が響いた。

「お母さん、感激してるんだったら、ちゃんと言ってあげて。圭太さんに伝わらないよ」

別に直接言わなくても伝わっているのだが、一花は煽りたてるように瑠璃子の耳元で囁いた。

「あああっ、はああん、圭太さんのおチ×チン最高なの、あああ、瑠璃子のオマ×コ悦んでるのう」

淫語を母に叫べという娘も娘だが、それに煽られて声を張りあげる瑠璃子もそうとうだ。

ただもう完全に欲望に飲み込まれている様子の彼女は止まらないようだ。

「瑠璃子さんのオマ×コ、とってもスケベです。チ×チンが好きなんですね」

もう圭太も彼女に淫らな言葉を浴びせながら、一気に腰の動きを速くした。

ガチガチの亀頭が膣奥を激しく掻き回し、結合部から愛液が飛び散った。

「はあああん、好きよう、あああん、圭太さんのおチ×チン、ああ、瑠璃子を幸せにしてくれるのよう」

歓喜に溢れる顔で瑠璃子は懸命に訴えて、仰向けの身体をまたのけぞらせた。

「やだ、なんだか私……またムラムラしてきちゃった、あっ、あん」

もう一人、ずっと黙ってよがり狂う寮母を見つめていた玲奈が、横寝の身体をもぞもぞとよじらせている。

性欲に正直な彼女は長い腕を伸ばして自分のクリトリスを擦りだした。

「わ、私も。お母さんエッチだから、あああん」

一花も同じように母の隣で自分の肉の突起を慰め始めた。

「ふ、二人とも、あっ、あああん、あああっ、私も、ああ、オマ×コたまらない」

そして真ん中の瑠璃子も絶叫をあげ続けている。淫らに泣く三人の牝の姿はもうこの世の光景とは思えないくらいに淫靡だ。

「玲奈ちゃんと一花ちゃんも、くう」

さらに絡みつく瑠璃子の女肉の快感に溺れながら、圭太は両手を横寝している玲奈と一花の股間に押し入れた。

「ひっ、ひあっ、圭太さん、あああっ」

「そこ、あああああん、いい、あああっ、あああん」

圭太は指を二本束ねて彼女たちの膣口に押し込む。そして愛液まみれの膣内を掻き回すと、二人は同時に絶叫した。

「ひうっ、一花、あああっ、たまらない、ああん、ああ」

一花は自ら片脚を持ちあげて腰を突き出し、圭太の指をさらに奥に飲み込んでいく。クリトリスもこねながら大きな瞳を泳がせてよがり泣いていた。

「はあああん、私も、あああん、奥がいい、あああん」

玲奈もまた長い脚を震わせながら、横寝の身体をのけぞらせている。彼女の望み通りにさらに指を突きたてると、巨乳がブルブルと揺れて震えた。

「あああっ、圭太さん、あああっ、イク、あああっ、瑠璃子、イッちゃう」

そして肉棒で濡れきった膣奥を突かれ続ける瑠璃子が舌を見せながら叫んだ。

仰向けの上半身の上でIカップのバストを踊らせながら、がに股に開いたままのムチムチの脚を引き攣らせた。

「イッてください、俺も、おおおお」

牝となった三人の喘ぎのハーモニーに、圭太も異様な興奮を覚えていた。

腰が砕けそうになるくらいの快感の中で、ただひたすらに肉棒を突き出し、両手の指をピストンさせた。

「あああっ、来てえ、あああん、精子ちょうだい、ああっ、瑠璃子の子宮を白く染めてええ、ああっ、イクううううう」

中出しを求める絶叫を浴場に響かせ、美熟女は瞳を泳がせながらのけぞった。

「あああっ、イク、一花もイク」

「玲奈も、はあああん、イッちゃう、イクううう」

ほとんど同時に指責めされる二人も絶頂を極める。一花はこれでもかとクリトリスを擦り、玲奈は自ら乳房を強く握って乳首を摘まんでいた。

「ああああああん」

最後は三人息を合わせたかのように雄叫びをあげて、エクスタシーに溺れていった。

それぞれの身体が何度も痙攣を起こし、三者三様の形の巨乳がブルブルと波打って弾んでいた。

「くうう、俺もイク、出る」

怒張を膣奥深くに突きたて、亀頭をねじ込むようにして圭太は達した。

強烈な快感とともに竿の根元が脈打ち、信じられない量の精液が溢れ出していく。

「ああっ、来た、あああん、すごい、ああっ、瑠璃子、子宮も圭太さんのものにされてるう、あああ」

「くうう、まだ出る、ううう、瑠璃子さんの中に、出し尽くします、うう」

絶頂と同時に搾り取るような動きを見せる美熟女の最奥に、圭太は息を詰まらせながら何度も放ち続けた。

「くうう、うう、はあはあ、もう無理」

もう最後の一滴まで出し尽くしてしまったような感覚がある。もう身体も肉棒もクタクタで睾丸が空《から》になっている感覚すらあった。

「ああ……すごかったわ、ああ……瑠璃子幸せ……」

こちらは満足そうな顔を見せた美熟女は、マットに汗ばんだ身体を投げ出し天井を虚ろに見あげている。

閉じる意志もないような白い太腿は、いまだ余韻に震え、媚肉もずっとヒクヒクと脈動しながら精液を溢れさせていた。

「あん、圭太さん、私まだ精子もらってない」

自失する美熟女の隣でエクスタシーを迎えていたはずの玲奈が身体を起こしてきた。

「ええっ、も、もう一滴も出ないって……こら」

長くしなやかな指を三度目の射精を終えてだらりとしている肉棒に手を伸ばそうとしてくる玲奈に、圭太は力なく首を振った。

「やーん、だめっ、じゃあ休憩からがんばろう」

恐ろしい言葉を言いながら玲奈は舌なめずりをした。どこまでも尽きることがない女たちの性欲に圭太は背筋が寒くなった。

「待ってて、誰？　そこにいるの」

圭太が両手で股間を隠しながら腰を引いたとき、母の隣で余韻に浸っていた一花が急に起きあがった。

この時間は本来瑠璃子しか寮にいないはずだ。だから三人とも、いや圭太も含めて四人が驚きに顔を引き攣らせた。

「えっ」

一花が見ているほうを向くと、脱衣所と浴室を仕切っている曇りガラスのサッシに黒い影が浮かんでいた。

引き戸のサッシの隙間からこちらを覗いているような感じに見えた。

「誰っ」

さすがというか、一花は素早い動きで駆け出してサッシを力強く開いた。

「亜矢さん、なんでいるの？」

開かれたサッシの向こう側にいたのは、圭太の幼馴染みの亜矢だった。

今日は膝丈のパンツに身体のラインにフィットしたカットソー姿で大学から帰ってきたばかりのような感じだ。

「あっ、亜矢ちゃん、こ、これは」

亜矢になにか言い訳をしようとする圭太だったが言葉など出てこない。

目の前で玲奈は四つん這いで圭太の肉棒に迫ろうとしているし、瑠璃子は熟した身体をマットに横たえ、秘裂から白い粘液を垂れ流している。

この状況をごまかす方法を思いつく人間がいるとしたら天才だ。

「忘れ物を取りに帰ってきたら声がするから来てみたら……なによ、これ。圭太のばかああ」

狼狽える圭太を強く睨みつけたあと、亜矢は洗い場に入ったところにある洗面器を摑んだ。

そしてそれを力一杯に圭太に向かって投げつけた。

「亜矢ちゃん、はうっ」

洗面器は一直線に圭太の股間に衝突し、圭太はあまりの激痛に視界が歪んだ。

男の最大の急所を押さえながら、圭太は前屈みに崩れ落ちた。

「圭太のばか、死んじゃえ！」

うずくまる圭太に罵声を浴びせたあと、亜矢は脱衣所から駆け出していった。

「うぐううう、折れた、玉も砕けた……」

実際にはどうなっているのかわからないが、あまりの激痛に圭太は顔を洗い場の床に押しつけるような体勢のまま、無意識に口走っていた。

「うっ、うそ、そんなだめよ。おチ×チン、大丈夫っ!?」

圭太の言葉を聞いて玲奈と一花が慌てて駆け寄って腰をさすりだした。

「くうう、チ×チンだけか、心配なのは……」

女たちに嫌みを言おうとするが、痛みに圭太は小さな声を出すのが精一杯だった。

第六章　蕩ける幼馴染

ほんとうに股間のモノが再起不能になったかと思うような激痛だったが、次の日にはなんとか復活していた。

そして何日かが経《た》ち、また玲奈に頼まれた圭太は、夜のお弁当の配達に寮を訪れていた。

（弁当は食べるんだよな……）

弁当の注文は合計六個。ということは亜矢の分も含まれているはずだ。

圭太に死ねと罵倒したのに空腹には負けているあたり、彼女らしいなと思えた。

「ありがとう。もう大丈夫？　心配してたんだよ」

いつものように寮の勝手口から入ると、出迎えにきてくれたのは玲奈と一花だけだった。さすがに亜矢の姿は見えない。

「心配なのはコイツだけだろ」

お弁当が入った袋を手渡しながら、冷めた口調で自分の股間を指差す。

痛みに失神寸前の圭太に駆け寄ってきた二人が気遣っていたのは、本人よりも肉棒のほうばかりだった。

「そんな目で見ないでよ。ちゃんと冷やしてあげたじゃん」

苦笑いしながら今日もショートパンツから瑞々しい脚を伸ばしている一花が言った。

一時は睾丸がかなり腫《は》れてしまい、スポーツの場でケガの治療経験もある彼女たちが氷をあてて冷やしてくれたのだった。

「はいはい、じゃあ今日は帰るからな」

ただ肉棒だけを大事にするような扱《あつか》いを受けた圭太は納得いかない。ふてくされた態度のまま寮をあとにしようとする。

「ちょっと待って、今日は少しお話いいかな。お母さんの許可もとってあるし」

帰ろうとした圭太の腕を摑んで一花が中に引っ張っていく。

「なんだよ。今日は絶対無理だからな」

「そんなんじゃないって」

玲奈も反対の腕を持って圭太を寮の中に引き入れて階段をのぼっていく。

着いた先は二階にある亜矢の部屋の前だった。

「いるんでしょー、亜矢」

いちおうドアのノックはしているが、中から返事が聞こえる前に玲奈はノブを回した。

「な、なに、玲奈さん、あ……圭太」

いきなりドアを開かれて驚いた顔の亜矢が出てきた。Tシャツにハーフパンツの部屋着姿で化粧っけは皆無だが、それでも白い肌が艶やかだ。

「入るよー」

いつもの軽い調子で、玲奈は亜矢の背中を押して強引に中に入っていく。

圭太も一花に腕を引っ張られてドアをくぐった。

(亜矢ちゃんの部屋って……初めてだよな)

寮に据え付けのものなのか、机とベッドは玲奈や一花の部屋と同じだ。

ただ小さな本棚があって、そこに整然と難しそうな本が並んでいたり、花が飾られていたりするのは、亜矢らしい女らしさだ。

「な、なによ玲奈さん」

「だって亜矢が、圭太さんに謝らなきゃって言ってたから。ちょうどいいかなってさ」

亜矢は洗面器のことを謝ろうと思っていたのだろうか。玲奈は気を利かして機会を作ってくれたようだ。

ただそんなことを言いながらも、玲奈はもう腕にかけていたビニール袋からお弁当を出している。

「そんなの……いまじゃなくてもいいじゃない」

亜矢は恥ずかしそうに顔を赤くして圭太から視線を逸らしている。それでも玲奈を手伝ってお弁当を部屋の床に置かれた小さなテーブルに並べていく。

「会話と動きがぜんぜん違うんだけど」

そんな大食い美女二人を見ながら、一花が呆れたように呟き、圭太もドキドキしていた気持ちが消えていった。


「美味しかった。ごちそうさま」

玲奈と亜矢の二人は強引だとかなんだとか言い合いをしながらも、あっという間に計六個の弁当を食べ終えた。

「いつもだけど、いい食べっぷりだね。晩ご飯食べたあとなのによく入るわ」

そんな二人を圭太と一花は床に座って見ていた。とにかく食べ終わらなければ話が進まないと思ったからだ。

「ごちそうさま」

ご飯も一粒残さず食べた二人は、互いに声をかけあうでもなく自然に片付けをして、ビニール袋に空いた容器を詰めてあとは捨てるだけにした。

一連の動きがあまりにスムーズで、もう圭太は呆れるやら感心するやらだ。

「圭太……ごめんなさい」

テーブルを拭き終えると亜矢は圭太のほうを向き直って頭を下げた。

「い、いや、いいよ、俺が悪いし」

突然、正座をして謝ってきた幼馴染みに、圭太はつい姿勢を直してそう言った。

「大丈夫？　その……アソコ」

恥ずかしそうに頬をピンクに染めて亜矢はもごもごと言った。

上目遣いで恥じらっている亜矢の切れ長の瞳が左右に泳いでいるのが、可愛らしくてたまらなかった。

「う、うん、もう大丈夫……気にするなよ」

完全に亜矢のことを意識している圭太は、ドキドキしてしまって言葉がうまく出なかった。

亜矢にしっかりしてきたと言われたが、こういうところは相変わらず頼りない性格が顔を出す。

「なによ、その変な態度。もっと素直になればいいじゃん」

照れまくる二人のやりとりに、今日はタンクトップにショートパンツというけっこう露出的な服装の一花が言った。

「なにが素直だよ。いまさら隠してることもないよ」

そうなのだ。圭太は瑠璃子も含めて三人の女と同時にセックスをしているところを亜矢に見られたのだ。

4Pという異常な行為を真面目な亜矢が目《ま》のあたりにして、こうして普通に口を利いてくれているだけでもありがたいくらいだ。

(もうそういうのは、無理だって……)

一花が亜矢に気があるのなら、くっつけばいいと伝えたいのはなんとなくわかる。ただ幼いころから亜矢を知る圭太は、もうそれはないだろうと思っていた。現に亜矢の顔も少し曇っている。

「そういえば私、気がついてたんだけど、亜矢ってこの間、けっこう長い時間見てたよね。実は興味津々？」

これ以上、よけいな刺激をしないで欲しい……と思いつつすがる思いで一花を見ていると、玲奈がとんでもないことを口走った。

「そ、そんな私は、み、見てないよ、四人でしてるとこなんて……」

一瞬で耳まで真っ赤にして亜矢が自分の顔の前で首を振った。ただこの言い訳では見てましたと言っているのと同じだ。

「うふふ、興奮した？　圭太さんが三人の女をよがらせているところ。すごかったよねえ」

意味ありげな笑みを浮かべた玲奈は、座ったまま自分の身体をずらして、胸の膨らみが目立つTシャツ姿の身体を亜矢に絡ませていく。

「そんなの思ってないって。やだ、なにしてるの」

同じようにTシャツとハーフパンツというラフな格好で正座する亜矢の身体に、玲奈の長い腕が絡みつき、背後から乳房を揉み始めた。

「このGカップを、圭太さんに揉んで欲しいって思ってたんじゃないの？」

完全にいたずらする子供のような目になった玲奈は、うしろから亜矢の肩に自分のあごを乗せ、服の中に手を入れて乳房を揉み始めた。

「あっ、だめだって、あっ、やあん」

亜矢のTシャツは大きくまくれあがり白いお腹がのぞいている。布の中で玲奈の手や腕がもぞもぞと動いているのがいやらしい。

(Gカップもあるんだ……)

大きいのはわかっていたが、あらためてサイズを聞いた圭太は思わず唾を飲み込む。カップのサイズは一花と同じだが、亜矢のほうが華奢《きゃしゃ》なのでさらに大きく見えた。

「やだっ、直接は、あっ、いや」

Tシャツの中の腕がどこを触っているのかわからない。ただ亜矢の声が急に甲高くなり息づかいも荒くなっている。

「初めてが幼馴染みなんて、すごくロマンティックじゃん」

もう両腕を亜矢のTシャツの中に突っ込んで、乳房を揉んでいる玲奈がそう囁いた。まさか彼女の口から、ロマンティックなどという言葉が聞けるとは思わなかった。

(ということは亜矢ちゃん……バージンなのか)

初めてということは亜矢には男性経験がないのだ。真面目な彼女ならあり得る話だ。

「そうなんだ、へえ、ずっと見てたんだ。亜矢さんってエッチだねえ、覗き魔だ」

いきなりのレズプレイを始めた玲奈に乗っかる形で、一花も亜矢に寄り添い、手を這わせていく。

亜矢のハーフパンツの裾をまくりあげた一花は、剝き出しになった細い太腿を撫で始めた。

「あっ、やあん、覗き魔なんて、ああっ、違う……ひあっ、そこは」

一花はひとしきり亜矢の太腿を撫でたあと、こんどはハーフパンツのお腹のところから手を差し込んだ。

それがなにを意味するのか、誰が見ても一目瞭然だ。

「あっ、やっ、だめえ、あっ、あん、あああっ」

一花の手がハーフパンツの奥深くに入っていく。亜矢の声がさらに大きくなり背中が跳ねあがった。

「これ外しちゃうわね。それにしても亜矢って可愛い声ね」

玲奈もさらに調子が出てきたようで、亜矢の背中に手を回してなにかしている。

どうやらブラジャーのホックを外したようで、亜矢の胸元が急に緩くなった。

「ええと……そろそろやめたほうが……おお」

言葉だけは止めているように思うが、ほとんど声が出ていない。一花だけは聞こえたようで、お前は黙って見ていろと言った感じで睨みつけてきた。

「あっ、やああん、ああっ、はっ、そこは、は、はあああん」

最初は正座していた亜矢もいまは床に尻もちをつく形で座り、ハーフパンツの両脚を開いて喘いでいる。

玲奈はそんな亜矢の身体を支えながら乳房を揉み、一花は前から股間に手を入れている。

（なんか見えないのが、かえってエロいかも……）

すべて服の中で行われていて、亜矢の身体でのぞいているのは白いふくらはぎとお腹周りくらいだ。

服の中で動き回る女の手の動きが妄想をかきたて、圭太はもう息をするのも忘れて絡み合う三人の美女を見つめていた。

「あっ、ああ、あああっ、だめえ、ああっ、ああ」

亜矢の声はいっそう激しくなり、もう腰はずっとくねっている。処女だと言われていたが、切れ長の瞳を潤ませて喘ぐ姿はなんとも淫靡だ。

「ねえ亜矢さん、いつから見てたの」

もうこちらは完全にスイッチが入っている様子の一花が、やけに艶めかしい声で亜矢にそう尋ねた。

「あっ、ああああん、あっ、玲奈さんとしているところから、ああ」

快感に頭が混乱しているのか、亜矢は喘ぎながら即答した。

女同士だから感じさせるポイントもわかっているのか。真面目な亜矢をここまで悩乱させている二人のテクニックもすごい。

「じゃあ瑠璃子さんと私たちが、同時にイカされるところも見てたんだ。どうだったエッチだったでしょ」

ブラジャーが浮いている亜矢の巨乳の先端をあたりを摘まんで、こんどは玲奈が囁いた。

「う、うん、あああん、すごくエッチだった。あああああん」

もう三人の目には圭太など映っていないのだろうか。少なくとも亜矢の意識からは外れているように思う。

レズプレイに没頭する中で亜矢は甘い声を漏らし続け、圭太も引き込まれた。

「亜矢さんもして欲しかったんじゃないの？　圭太さんに抱いてもらいたかったよね」

なんだかマインドコントロールでもしているように思うが、一花はねっとりとした口調で言いながら亜矢の股間のあたりにある手を激しく動かした。

「あああ、そんなにしたら、ああっ、だめええ、ああっ、私は、あああん」

おそらくはクリトリスを責められているのだろうか、亜矢はもう脚を開いて座る身体の全部をビクビクと引き攣らせていた。

「素直になろうよ。圭太さんにしてもらってる私たちに、嫉妬してたんでしょ」

この少女は色欲の悪魔かと思うくらいに、一花は大きな瞳を淫靡に輝かせて亜矢の股間にある手をさらに奥に入れた。

「ひあああああん、ああっ、ああああ」

すると亜矢はもう自失したように身体をよじらせ、天井を向いて絶叫した。

まるで美女に蛇が絡んでいるようで、この世の光景には思えないほどだ。

「ふふ、亜矢も圭太さんに抱かれたかったんだよね。でも普通だよそれは。好きな男子とセックスしたいって思うのは」

こんどは背後から天使のような囁きで玲奈が言った。ただ本性はこちらもただの淫獣だが。

「あああっ、わからない、あああん、でもすごく腹がたって、ああっ、だから洗面器投げたのよう、ごめんなさいい」

激しく喘ぐ亜矢が振り絞るような声でそう叫んだ。

亜矢が嫉妬してくれた、それだけでも圭太は嬉しくて心が熱くなる。

「うふふ、まあバージンだし、わからないのも仕方がないかもね。でも亜矢ももう素直になりなよ」

どこか満足そうに言った玲奈は顔をあげて、正面にいる一花を見た。二人はあうんの呼吸で頷きあうと亜矢の身体からいっせいに手を引きあげた。

「あ……あふ……あっ、いやっ」

急に手が去ったあと亜矢はしばらく虚ろな目をしてぼんやりとしていたが、急に恥ずかしそうに両腕で胸を覆って身体を丸くした。

感じているときは圭太の存在が頭から消えていたようだ。

「いまさら遅いよ。圭太さん、真正面から見てたよ。亜矢さんの感じてる顔」

「い、いや、ひどいわ一花ちゃん」

一花はサディスティックな気質があるのか、羞恥に床に座って膝を抱える亜矢に笑顔でそんなことを言っている。

亜矢のほうはさらに顔を赤くして圭太に対して身体を横に向けた。

「じゃあ、あとは若い二人にお任せということで、じゃあね」

お見合いの仲人みたいなセリフを口にした玲奈が長身の身体を立ちあがらせて、一花とともに部屋から出ていった。

「ああ、恥ずかしい。圭太にあんな姿見られて」

部屋のドアが閉められて圭太と二人きりになると、亜矢は両手で顔を覆ってうずくまった。

表情はうかがえないが、声もかすれ声になっている。

(出ていけとは言わないいんだ……)

死にそうな声を出している亜矢だが、圭太に自室から消えてくれとは言わない。

感じている姿を見られたのは恥ずかしいが、このまま離れるのはいやだと思ってくれているのか。

「笑うでしょ、圭太」

そんなことを思いながらじっと見ていると、亜矢が顔をあげた。

その切れ長の瞳は涙に濡れているが、頬はピンクに上気し唇もどこか緩くて快感の余韻を感じさせた。

「わ、笑わないよ。すごく綺麗でエッチだった」

「そ、そんな……」

うまくは言えないが、思いを込めた圭太の言葉を聞いた亜矢が、また顔を背けた。

「ほんとうだって。亜矢ちゃんは最高に綺麗だ」

実家にいるころは亜矢のことを美人だと思っても、直接伝えたりはしていない。だが今日の亜矢は、魅入られてしまうくらいに美しかった。圭太はもう無意識に床に座る亜矢に身を寄せていった。

「ああ……圭太。私、あんなに感じて恥ずかしい」

「そんなことないって。俺……見てるだけですごく興奮した」

「い、いや、そんなの言わないで……きゃっ」

Tシャツを着ている亜矢の肩に両手を置いて圭太が言うと、亜矢は真っ赤になっている顔を伏せてしまう。

下を向くとそこに圭太の股間があって、亜矢は小さな悲鳴をあげた。

「ご、ごめん。こ、これは本能というか、ごめん」

圭太のズボンの股間が膨らんでいるのを見て、亜矢は驚いたようだ。

普通の人よりもサイズが大きい上に、これ以上ないくらいに勃起しているので三角のテントが股間で張られていた。

「謝らないで、私、少しびっくりしただけだから、ね」

慌てる圭太に優しい言葉をかけて亜矢はおずおずとそこに手を伸ばしていく。

手のひらをテントの頂点にあてがうとゆっくりと撫でてきた。

「うっ、亜矢ちゃん、そんな風に触ったら」

布の上からでも亜矢の手が触れていると思うと、怒張がビクビクと歓喜に脈打つ。

自分でもどうしてここまでと思うが、これを続けられたらほんとうに射精しそうだ。

「気持ちいいの？　圭太」

亜矢はそんな幼馴染みを少し不思議そうに見つめながら、手を回すようにして亀頭を刺激してきた。

「くう、うん、すごくいいよ、くう、亜矢ちゃんも気持ちよくなって」

腰が震えるような快感に、圭太ももう歯止めが利かなくなる。正面に座る亜矢のTシャツの中に両手を入れ、浮かんでいるブラジャーの下の乳房を揉みしだいた。

「そんな、私はいいよ……あっ、圭太、そこだめ、あ、あん」

恥じらってはいるが逃げようとはしない亜矢の乳頭に触れた。いまだ固く尖りきっている状態の乳首を指で弾くと亜矢の声が一気に変わった。

「亜矢ちゃんのおっぱい、すごく柔らかいよ」

両手を大きく動かしてGカップだと聞いた巨乳の感触を楽しみ、さらに乳首をこね回す。

圭太はもう完全に暴走状態で息を荒くし、夢中で幼馴染みの巨乳を愛撫した。

「あっ、あああん、圭太、あん、だめ、ああ、はあああん」

Ｔシャツがみぞおちのあたりまでまくれあがっている身体をよじらせて、亜矢はもうされるがままだ。

露出した白いお腹がヒクヒクと震えているのがまた艶めかしい。

「もう俺、止まれないよ、亜矢ちゃん」

亜矢が自分を拒絶していないというのは感じ取っている。ただこの前、三人の女と絡む姿を見せた自分が幼馴染みの処女を奪っていいのか？

心の中に迷いはあるが、彼女を思う気持ちの昂ぶりがそれを上回っていた。

「好きだ、亜矢ちゃん」

圭太は亜矢の身体を床に押し倒すと、Ｔシャツを勢いよくまくりあげた。ホックが外されて、乳房の上に乗っている状態のピンクのブラジャーもまとめて引き剝がす。

「ああっ、圭太、ああっ、恥ずかしい」

上半身裸になった身体をフローリングの床に横たえた亜矢の胸板の上で、巨大な盛りあがりがプルンと弾んだ。

亜矢の乳房は一花や玲奈よりも柔らかさを感じさせる形をしていて、なによりその抜けるように白い肌が艶やかだ。

「ああ、亜矢ちゃん」

圭太はもう吸い寄せられるように、ほとんど脇に流れていない乳房を揉み、薄桃色をした小粒な乳頭にしゃぶりついた。

「あっ、圭太、は、はあああん、そこ、あああっ」

もう完全に勃起している先端部を強く吸って舌で転がしていく。

亜矢は敏感な反応を見せ、ハーフパンツの下半身をくねらせて喘いだ。

「んんん、全部見せて、んんんん」

普段は知的な切れ長の瞳を蕩けさせている幼馴染みの乳首を吸いながら、圭太は彼女の下半身も脱がせていった。

「あっ、いやっ、裸は、ああっ、恥ずかしいよう、あっ、あああああん」

ハーフパンツの下から、ブラジャーとお揃いのピンクのパンティが現れた。

それにも指を引っかけて細く白い太腿を滑らせると、亜矢は赤くなった顔を大きく横に振る。

だがすぐに乳首の快感に喘いで仰向けの身体をのけぞらせた。

「ここも気持ちよくなって……」

もう完全に性の炎を燃やしている幼馴染みのしなやかな白い脚を割り開き、その中央にある薄めの陰毛に覆われた股間に、圭太は顔を埋めていく。

感じ続ける彼女の肉体を、勢いのままに責めまくりたかった。

「圭太、ああっ、そんなとこ、あああっ、口でなんて、ああ、あああああん」

バージンであっても二十一歳の肉体は充分に大人だ。一花たちの愛撫で潤んでいる小ぶりな花びらが開いている。

圭太はその上部で顔を出している小さな突起を舌で転がした。

「あっ、ひああああん、ああっ、圭太、あああん、そんな風に、あっ、あああん」

花弁を開くと、膣口も中にのぞく媚肉もすべてピンク色をしている。

クリトリスを舌の先で何度か弾くように愛撫したあと、唇ではさんで吸う。

「ひあっ、あああああ、あああ、圭太あ、あああん、ああ」

すると亜矢は一糸まとわぬスレンダーな身体をよじらせて、快感の喘ぎを部屋中に響かせる。

フローリングの床を指で引っ掻くようにしながら、鼻の高い整った顔を歪ませ、快感に浸り続けていた。

(俺の舌で亜矢ちゃんを感じさせているんだ)

ずっと近くに住んでいても遠い存在だったように思う、年下なのにしっかり者の優等生。

そんな彼女を自分の舌で喘がせていると思うと、圭太はさらに燃えあがった。

「圭太、あっ、あああん、ああっ、激しい、ああ、はううん」

白く細い両脚を両手でさらに押し広げ、亜矢のすべてを露わにして圭太はしゃぶりついていく。

「あああっ、はあああん、圭太あ、ああっ、あああ」

こんなに感じるのは初めてなのか、亜矢は戸惑いながら驚くほどに引き締まった腰をクネクネとよじらせている。

胸板の上で美しく膨らんだGカップが、尖りきった乳頭とともに横揺れしていた。

(すごく溢れている……)

亜矢の声が切羽詰まったものに変わるにつれ、開き気味の膣口からだらだらと愛液が溢れ出してきていた。

未経験でもこんなに濡れるものなのかと思うが、もう彼女の肉体は女として昂ぶりきっているようだ。

「あ、亜矢ちゃん、いい？」

ようやくクリトリスから唇を離した圭太は、ゆっくりと身体を起こしてシャツを脱ぎ捨てた。

「あ……あふ……うん……」

快感が収まり少し自分を取り戻したのか、亜矢は赤らんだ顔を横に伏せて頷いた。

ただ唇は半開きのままで、すっと甘い息が漏れているのが色っぽい。

「ありがとう」

圭太はそう言って下も裸になる。幼馴染みの色香にあてられて肉棒はすでにギンギンの状態だった。

「えっ」

勃起した圭太の巨根を目のあたりにした亜矢は、瞳を見開いて固まった。

予想はしていたが、バージンの女性にとって圭太のモノは恐怖の対象でしかない。

「ごめん、すごく興奮しちゃって」

もう少し隠すようにすればよかったと圭太は亜矢に頭を下げた。

「いいの、ちょっとびっくりしただけ……でも圭太、私を見て興奮してくれたの？」

いまだ仰向けのスレンダーな身体を床に横たえたまま、亜矢は潤んだ瞳を圭太に向けてきた。

「そうだよ。だって亜矢ちゃんの身体、すごく綺麗だし」

白くしなやかな腕や脚、抱きしめたら折れそうな細い腰回り。仰向けだから見えないが、お尻もしっかりと実っている。

そしてモデルのような体型に対して、アンバランスなくらいに膨らんだGカップの豊乳。こんな身体を目の前にしたら男は全員勃起するはずだ。

「そんなことないよ、私なんか、玲奈さんや瑠璃子さんに比べたら……」

切れ長の瞳の知的な瞳に高い鼻、形の整った唇に透き通るような白肌。スタイルも顔も最高のものを持っているというのに自己評価は低いようだ。

「負けてないよ、亜矢ちゃんもすごく綺麗だ」

圭太はそんな彼女に自分の全裸になった身体を覆いかぶせ、少し汗ばんで艶を感じさせる頰を手のひらで撫でた。

「ふーん、私が勝っているとは言わないんだ」

圭太の言葉尻を取って亜矢は頰を膨らませた。そんな拗ねた姿もまた可愛い。

「亜矢ちゃんが一番だよ。でもいいのか？　ほんとうに俺が最初の相手で」

圭太は苦笑しながら亜矢の目をしっかりと見つめて言った。ただ流されているだけではないのかと。

「圭太がいいの。圭太に私の初めてをもらって欲しい」

一転、亜矢は瞳を潤ませて頬にある圭太の手に自分の手のひらを重ねて、小さな声で呟いた。

そのいまにも泣きだしそうな表情が圭太にはたまらなく愛おしく見えた。

「うん、ありがとう、亜矢ちゃん」

圭太は亜矢の手を握り、挿入態勢に入るべく上半身を起こした。

「でもすごく大きいね。こんなのほんとうに身体の中に入るんだね。玲奈さんとか」

いまも屹立する圭太の巨根を少し目を丸くして見つめながら、亜矢は言った。

「そうか、見てたんだよな……」

浴場の四人でのセックスを亜矢は覗いていたのだ。とくに玲奈との立ちバックは圭太の背中が脱衣所のほうを向く位置取りだったので、結合部が丸見えだったはずだ。

「うん、びっくりしたよ、あっ、きゃっ、やん」

そんな会話をしている最中に亜矢の膣口と圭太の肉棒の先端が触れあい、亜矢は甲高い悲鳴をあげた。

ただ圭太は肉棒を一ミリも動かしていない。目線を向けると亜矢の腰のほうが浮きあがっていた。

「やっ、やだ、勝手に」

亜矢も自分が股間を突き出すような動きをしていることに気がついている様子で、強く狼狽えている。

どうやら無意識に身体が肉棒を求めて反応していたようだ。

「いいんだ、亜矢ちゃん」

圭太は涙ぐんでいる幼馴染みの両脚を抱えると、亀頭部をゆっくりとピンクの裂け目に擦りつけた。

ただまだ膣口に挿入はしない。彼女の肉体をもう少しだけ焦《じ》らして昂ぶらせたい。

「あっ、はあああん、圭太、ああっ、だめ、ああ」

床の直接寝ている身体を大きくよじらせて、亜矢は切ない声をあげ続ける。

「亜矢ちゃんは、玲奈ちゃんがしているのを見てどうだったの？」

彼女の肉体を煽りながら圭太はそう聞いた。さっき玲奈が言っていた、亜矢がずいぶんと長い間覗いていたのではないかという言葉が引っかかっていた。

「ああん、ああっ、すごくいやらしくて、あああん、私、ああっ、身体が熱くなって、ああっ、ごめんなさい」

瞳は閉じたまま、亜矢は赤らんだ顔を何度も横に振りながら言った。

処女のまま亜矢は先輩のセックスを見て欲情していたのだ。真面目一筋の亜矢にも欲望はあるのだ。

「謝らなくてもいいんだよ。それが普通なんだ、俺だってスケベだし、いまも亜矢ちゃんの中に入れたくて仕方がないんだ」

圭太は満を持して亀頭を膣口に押しあてた。ぬめった肉が男の敏感な部分に吸いつく感じでもうたまらなく気持ちよかった。

「あっ、あああん、来て、圭太、あああぁ、亜矢を女にして」

声をうわずらせて叫びながら、亜矢は圭太を一心に見つめてきた。

「うん、いくよ亜矢ちゃん」

ついにその瞬間だと圭太も腹を括り、肉棒をゆっくりと前に押し出していった。

「あっ、くうう、はっ、ううううう」

圭太の野太い逸物が膣口を大きく拡張すると、亜矢は白い歯を食いしばってのけぞった。

もうすでに中は愛液にまみれてドロドロの感触がある。肉厚の媚肉を怒張で掻き分けていくと強い抵抗を感じた。そこはたぶん亜矢の処女の証《あかし》だ。

「おおお、亜矢ちゃん」

圭太のほうももう夢中で身体ごと肉棒を前に突き出す。処女膜を突き破り一気に最奥に突きたてた。

「あっ、くうううう、ううっ」

人よりもかなり大きなサイズの逸物をすべて胎内に受け入れた亜矢は、苦しげに歯を食いしばって仰向けの身体をよじらせている。

勢いのままに挿入してしまったが、処女の身体に圭太の巨根はきついはずだ。

「だ、大丈夫？　亜矢ちゃん」

欲望に任せて突っ走ってしまったと、圭太は焦って見下ろす形になっている亜矢に声をかけた。

「はあはあ、うん……！　でも大きくて固いんだね、男の人って」

もう額を汗でびっしょりにした亜矢が、笑顔を見せて圭太を見つめてくる。

ただ苦しいのを我慢して笑っているというのは、いくら鈍い圭太でもわかった。

「一度、抜こうか？」

「いい、最後までして圭太。途中でやめないで」

仰向けの身体の上でフルフルと形のいい巨乳を揺らして、亜矢は声を振り絞るようにして言った。

「う、うん」

「私は大丈夫だから。しっかりしなよ、圭太」

その言葉は昔よく亜矢に言われていた言葉だ。六歳も年下の亜矢にこんな状況でも叱咤《しった》されている。

「ほんとうに辛くなったら言うんだぞ、亜矢ちゃん」

ただ少しは自分も大人の男になったのだというところを見せながら、圭太はゆっくりと腰を使いだした。

落ち着いて亜矢の媚肉に自分の巨根を馴染ませるべく、腰を小刻みに使った。

「あっ、うん、んんん、んく、あっ、あん」

頷いた亜矢は床に寝そべった身体から力を抜いて身を任せてきた。

そのままあまりショックを与えないように小さなピストンを繰り返すと、亜矢の息づかいが速くなってきた。

(感じているのか？)

圭太も処女の女性を相手にするのは初めてだ。聞いた話では、女性は初体験のときは痛みで大変だというぐらいの知識しかない。

ただ自分の下でたわわなバストを揺らす幼馴染みは、どこか甘い表情を見せているのだ。

（このまま）

彼女の反応を見ながら少しずつ腰の動きを速くしていく。あくまで徐々に。

「あっ、ああっ、圭太、あっ、ああっ、私、あっ、あっ」

すると亜矢の声色があきらかに変わってきた。時折、こちらに向けられる切れ長の瞳も妖しく潤んでいるように見えた。

「あっ、ああん、圭太、ああっ、私、ああっ、おかしいわ、ああ」

もう圭太の怒張はけっこうな勢いで花びらが小さな秘裂を出入りしている。それにも見事に反応し、亜矢は戸惑いながら喘ぎだした。

「気持ちいいの？　亜矢ちゃん」

さらに圭太は腰の動きをテンポアップし、亀頭を彼女の最奥に突き続けた。

その勢いでたわわなバストが彼女の胸板の上で大きく踊っている。その先端部はもう固く勃起していた。

「あっ、あああ、恥ずかしい、ああっ、でも声が止まらないの。あっ、はあぁん」

頬を赤くして訴えてきた亜矢が大きくのけぞった。初体験ながら彼女はかなりの快感に溺れているようだ。

「もっと感じてくれ、亜矢ちゃん」

一気に女となっていく亜矢の両脚を抱えあげ、圭太はピストンを速くした。

怒張がテンポよく前後し、二人の結合部からヌチャヌチャと湿った音があがった。

「ああっ、はあああん、こんなに、ああん、ああっ、ああっ」

細めのしなやかな両脚もかなり大股開きにされているが、もう亜矢は恥じらう余裕もないくらいに感じている様子だ。

瞳もどこか虚ろになり、整った唇もだらしなく開いてよがり続けている。

「くう、亜矢ちゃん、うう」

そんな彼女の乱れ姿に圭太はさらに腰に力が入った。処女の媚肉がグイグイと怒張を締めつけていて快感が頭の先まで突き抜けた。

「あっ、あああ、圭太、あああん、私、あああ、おかしい、ああっ、なにか来る」

もう一花たちに責められていたとき以上に感じまくっている亜矢が、急に戸惑いの表情を見せた。

おそらくだが、亜矢はエクスタシーに向かおうとしているのかもしれない。

「そのまま感じ続けるんだ、亜矢ちゃん」

初体験で女の絶頂に向かおうとしている亜矢を、圭太はさらに激しく突き続ける。

どこまでも感じて欲しい。その思いを肉棒に込めてピストンした。

「あっ、あああん、あっ、私、ああっ、これなに、ああっ、すごい、ああっ」

瞳を泳がせた亜矢は大きく唇を開き、自分のお尻の前にある圭太の太腿を強く摑んできた。

巨乳が激しくバウンドし、ほとんど脂肪がないお腹がヒクヒクと波を打った。

「あっ、あああっ、私、あああっ、だめになる、あっ、あああああん」

そして亜矢は一際《ひときわ》大きな絶叫を寮の部屋に響かせて、背中を弓なりにした。

まだイクという感覚がよくわからないのだろう、瞳を泳がせながら断続的に白い身体を痙攣させている。

「あ、ああ……圭太……ああ、はうっ」

エクスタシーの発作は何度も湧きあがっているのか、亜矢はそのたびに上半身をのけぞらせ、汗に濡れた首筋を圭太に見せつけた。

「はあはあ、イッたんだね、亜矢ちゃん」

幼馴染みの発作が収まっていくのを見届け、圭太はようやく息を吐いた。

自分はまだイッてはいないが、処女のまま彼女をイカせたことに、たまらない満足感があった。

「う……うん……やだもう、私初めてでこんなに感じて、すごくスケベみたい」

こちらもようやくまともな呼吸を取り戻した様子の亜矢は、顔を横に伏せて恥じらっている。

「スケベはみんな同じだよ。俺は亜矢ちゃんが感じてくれて嬉しいよ」

「やだもうっ、圭太のエッチ」

亜矢はもう顔を両手で覆い隠してしまった。さっきまでの乱れ顔とこの恥じらう清楚な表情のギャップが男心をかきたてる。

「もう抜くね」

そんな亜矢に肉棒はさらに固くなっている気がするが、あまり彼女に負担はかけたくないと圭太は腰を引こうとした。

「待って、圭太はまだ気持ちよくなってないでしょ」

慌てて顔から手を離した亜矢は圭太の腕を強く摑んで訴えた。

「でも……」

「いいの、圭太も最後までして。でも私、もっと恥ずかしい姿を圭太に見せちゃうかもだけど」

圭太の腕をグイグイと引きながら、亜矢はボソボソと恥ずかしそうに言った。

感じている自分を見られるのが恥ずかしくてたまらないようだ。

「いいよ、亜矢ちゃんのエッチな顔をたくさん俺に見せて」

そんな彼女の腰を抱えあげ、そのまま圭太はフローリングの床に尻もちをついて座った。

肉棒は媚肉に突き刺さったまま、亜矢の細く白い身体がふわりと浮かんだ。

「あっ、なにを圭太、あっ、これっ、あっ、あああああん」

体位が対面座位にかわり、圭太の膝の上に下半身を乗せた亜矢が大きく背中を反らせて淫らな声をあげた。

この体勢になると股間同士の密着度があがり、圭太の巨根がさらに深く、彼女の媚肉を抉った。

「あっ、あああ、深いよう圭太、あっ、ああああん」

大きく唇を開き亜矢は圭太の肩を強く摑んで瞳を閉じている。一気に呼吸が激しくなり胸が大きく動いて乳房も波打っていた。

「苦しいの？」

「ち、違う、あっ、あああん、奥が、ああっ、すごく気持ちいいの」

もう快感に頭まで痺れているのか亜矢は快感を口にして、細身の身体には意外なくらいに膨らんでいるヒップを揺らしている。

彼女の燃えあがりに煽られて、圭太も気合いが入ってくる。

「いくよ……はっ、誰っ？」

このままとことんまで彼女を突きあげようと思ったとき、サッシのほうに人影が見えた。白いレースのカーテンの隙間に頭が二つある。

「えへへ、バレちゃった」

鍵が掛けられていなかった様子のサッシががらりと開いて現れたのは、予想通りというか、玲奈と一花だった。

「いったいいつから覗いてたんだよ」

二人は別に意味もないのに身体を屈めながら、コソコソと部屋の中に入ってきた。

「えー、亜矢ちゃんのおっぱい柔らかいよ、のところからかな」

「ほとんど最初からじゃねえか」

気を遣って部屋を出るふりをして、そのまま玲奈の部屋のベランダ伝いにこちらに来ていたようだ。

ずっと覗いていたとは呆れるばかりだ。

「まったく……」

少し距離をあけてちょこんと座っている二人の女を見たあと、圭太は肉棒を亜矢の中から抜こうとする。

セックスそのものより、甘い会話を聞かれたことがなんだか恥ずかしかった。

「あっ、待って圭太、抜かないで。いやっ」

圭太よりも恥じらいが強いタイプのはずの亜矢は、ずっと黙っていたから羞恥に震えているのかと思っていた。

だから行為をやめようとしていたのだが、なんと彼女は自分から腰を肉棒に向かって突き出し、圭太の首にしがみついてきた。

「ええっ、でも二人が」

「いいの、どうせずっと見られてたんだし。圭太が満足するまで……して」

そう言って鼻同士がくっつきそうな距離で圭太を見つめてきた亜矢の切れ長の瞳は、とろんと目尻が下がってなんとも色っぽい。

圭太に射精して欲しいというのも事実だろうが、自身の欲情もかなり燃えている様子が見てとれた。

「すごい、亜矢さん、どんどんエッチになっていく」

同性の一花もそれに気がついたのか、日頃真面目な亜矢の変貌ぶりに目を丸くして身を乗り出している。

「だって、あっ、あああ、圭太のが、ああああん、ああ」

驚いて呆然となっている圭太の顔をじれったそうに見つめながら、亜矢はなんと自ら腰を使って膣奥に亀頭を擦りつけた。

一花の言ったとおり先ほどまで処女だったとは思えない淫女っぷりだ。

「仕方ないよね、圭太さんのすごいもん。亜矢だって溺れちゃうよ」

また意味ありげな目をした玲奈は、四つん這いでにじり寄って、亜矢の耳元に唇を寄せてきた。

「亜矢ちゃん、もう圭太さん以外の男と出来なくなるね。大きくて固いし、なにより女は好きな人とするのが一番気持ちいいんだから」

「あっ、ああっ、それは、ああ」

玲奈の言葉に亜矢の身体がビクッと反応し、圭太の膝の上でスレンダーなボディが大きくくねった。

「ほ、他の人となんかしないもん。ああっ、圭太、一生私を感じさせてぇ」

さらに下半身を前に押し出し、桃尻を圭太の太腿に強く擦りながら亜矢は絶叫した。

「うん、ずっと気持ちよくするよ。亜矢ちゃんも精一杯感じるんだ」

「あああん、感じるわ、ああ亜矢っ、スケベな女になっていい？　はあん」

喘ぎながら一心不乱に答える亜矢の腰を、圭太も強く抱き寄せる。もう心は昂ぶりきり、周りで見ている二人の視線も頭から消えていた。

「なれ、いくらでもいやらしく。んんんん」

かなり力が抜けている亜矢の身体が圭太にしなだれかかってきた。その勢いのままに唇を重ねあい、激しく舌を絡ませる。

「んんんん、んく、んんんん、ん」

寮の部屋のヌチュヌチュと唾液の音を響かせて、二人は激しく深いキスをした。

亜矢の口内には舌を、媚肉には肉棒を入れている。彼女のすべてを手にした圭太は満を持して腰を突きあげた。

「んんん……はっ、はうん、あっ、ああああん、深い、あっ、あああ」

勢いが強すぎて亜矢の身体が弾み、唇が離れる。圭太は彼女の細い腰をしっかりと固定し激しくピストンする。

「あっ、あああん、すごいよう、ああん、はうううん」

ためらう様子もなく快感に溺れていく亜矢は、細い脚を圭太の腰に絡ませながら、すべてを受け止めている。

形の美しいGカップのバストが突きあげのたびに大きくバウンドしていた。

「すご……亜矢さんもこんなになるんだ……」

そばで見ている一花も驚いた様子で見つめている。そのくらい亜矢は普段の真面目な才女のイメージをかなぐり捨て、全力で肉棒を貪っていた。

「亜矢ちゃん、お薬あるからね。ちゃんと中で出してもらってね」

こちらはなんというか楽しげに笑って玲奈が言った。彼女にとってセックスは日常の行為なのだ。

「ああっ、あああああん、うん、ああ、ああ、出して圭太、ああ、ああ、またイク」

圭太の首に回した腕に力を込めて、亜矢は歯を食いしばった。

「くうう、俺ももうだめだ、くうう、おおおおお」

狭い媚肉の締めつけはあまりに甘美で、圭太も限界だった。膝の上の桃尻を鷲づかみにして固定し、下から怒張を突きたてた。

「あああっ、はあああん、すごいい、あああ、亜矢、おかしくなってる、ああ」

巨乳をこれでもかと弾ませながら亜矢は絶叫を繰り返す。対面座位で向かい合う白い身体が大きく躍動し、力の抜けた脚も弾んでいる。

「あああっ、イク、亜矢、ああっ、イク、イクううううう」

自ら絶頂を口にした亜矢は、すべてを捨てたように快感に身を任せている。

黒髪を振り乱し、頭をうしろに落として亜矢は絶叫した。快感に崩れた顔が天井を向いていた。

「ううっ、俺もイク」

乱れ狂う幼馴染みに圭太も溺れながら、愛液にまみれきった膣奥に怒張を突きたてて暴発させた。

根元がビクビクと脈動し熱く粘っこい精液が放たれていく。

「あっ、あああぁん、圭太の、あぁん、精子、あぁあん、たくさん、ああ」

虚ろな目をした亜矢は、圭太の腰に跨がった身体をエクスタシーの発作に震わせ、うっとりとした表情を見せている。

「ううっ、そうだよ、うう、亜矢ちゃんの中を、俺の精液でいっぱいにする」

「ああっ、来てえ、あああぁん、もっとちょうだい、あっ、あああぁ」

巨乳をバウンドさせる幼馴染みは、恍惚とした瞳で圭太を見つめながら何度も白い身体を痙攣させる。

圭太もまた歓喜に全身が痺れきっていくのを覚えながら、延々と射精を繰り返した。

第七章　媚肉の快楽宴

今日は午後から休みをとってキッチンカーを整備に出している。いろいろと設備が多いので定期的にメンテナンスを行わないといけない。調理機器と自動車としての機能、どちらに不具合が起こってもしばらく営業が出来なくなったりするからだ。

それを知った瑠璃子からまた洋食を教えてくれと依頼があった。

（今日は変なことにならないようにしないと……）

お昼に寮を訪れる際も圭太は勝手口のほうから入る。正面の入口を使わないのは、どこか後ろめたい行為をしているという引け目があるからかもしれない。

ただ互いに思いを確かめあい、亜矢とは正式に付き合うようになった。だからもう他の女たちとの肉体関係は断つつもりだった。

「あれ？」

勝手口の鍵が開けられているのはいつもと同じだったのだが、中ですでに材料の用意などをしてくれて待っているはずの瑠璃子の姿がなかった。

「それに……この匂いはなんだ」

寮の調理場にはすでにいくつかの鍋が並んでいて、料理の香りがする。

いつも寮生たちのその日の夕食を作りながら瑠璃子に指導し、出来上がりの味も評判はいいと聞いていた。

なのに今日はすでに料理が完成している感じがするのだ。

「瑠璃子さん、いないんですか」

鍋のフタを開けて中を覗いてみてもよかったが、圭太はまず瑠璃子の姿を探した。

もしかしたら圭太が曜日を勘違いしていたのかもしれない。

「おめでとー」

調理場を抜けて食堂に入ったとき、いきなり数人の女の声が響いた。

同時にパンパンとクラッカーが連続して炸裂した。

「うわっ」

突然の大きな音に驚いて圭太は後ずさりする。その目の前に亜矢たち四人の女が姿を見せた。

「お誕生日おめでとう、圭太」

亜矢が満面の笑みで言うと、女たちが皆いっせいに拍手をした。

「俺の誕生日って来週なんだけど……」

「えっ」

驚きに呆然となったまま圭太が言うと、女たちも口をぽかんと開いて固まり、広い食堂に静寂が流れた。

「まったくうろ覚えでやるなよ」

どうやら亜矢が勘違いして覚えていた圭太の誕生日に、ちょうどここに来ると言うのを知った女たちがサプライズで準備をしていたらしい。

「どうせなら今日パーティしちゃおうよ。ほら来週だと、圭太さん夜も仕事だし」

もうケーキまで用意しているからと一花が言い、他の皆も賛同して夜の営業がない今日に圭太の誕生パーティをここですることになった。

いまの時間帯は他の寮生は大学に行っていて不在なのも、都合がいいらしい。

「だからって、なんでその前に入浴なんだよ」

ただ食事の前に汗を流してくれればと言われ、必要ないと言ったが、玲奈と一花に無理矢理、寮の浴場に押し込まれた。

いま圭太は一人で広い浴槽の中に座っている。けっこうな広さの風呂に、昼の陽射しが窓から差し込む中、独り占めで浸《つ》かっているのは贅沢な感じもする。

「でもいやな予感しかしない」

なぜ食事の前に風呂なのか、あまり遅くなったら他の人が帰ってくるからと一花は言っていたが、そもそも入る必要があるのか。

しかも大食らいの玲奈と亜矢、そしてお菓子やケーキに目がない一花が、食べるのを後回しにしていることもおかしいのだ。

「なにをするつもりなんだよ……」

真面目な亜矢がいるから、とんでもない事態にはならないと思うが、玲奈と一花は絶対になにかをたくらんでいそうだ。

「どう？　お湯加減は」

湯船に浸かったまままそんなことを考えていると、脱衣所と繋がっているサッシが開いて一花が顔だけを出した。

「もうあがるよ」

絶対になにかが始まろうとしていると思った圭太は、浴槽から立ちあがろうとした。

「あ、そのままそのまま。入らせていただきまーす」

手を伸ばして圭太を止めた一花はサッシを開いて洗い場に入ってきた。

「な、なにしてんだよ」

彼女はなんと黒のパンティしか穿いていない。レースなどはあしらわれていないビキニの水着のパンティを思わせる一枚だけを身につけて巨乳を晒している。

張りの強い二つのGカップをフルフルと弾ませながら、スタスタと洗い場に入ってきた。

「二番、玲奈入りまーす」

続いて声がして玲奈が洗い場に入場してきた。彼女もまた同じようにFカップの乳房を剝き出しにし、黒いパンティで長い脚をピンと伸ばして一花の隣に立った。

「三番……瑠璃子……入ります」

先の二人に比べたらかなり控えめな声がして、少し身体を前屈みにした瑠璃子が入ってきた。

彼女も黒のパンティのみの格好で、Iカップの迫力のあるバストを恥ずかしげに両腕ではさみながら玲奈の横に立った。

ただそのポーズがかえって乳房を強調する結果となり、色素が薄く少し大きめな乳輪部や乳首を押し出しながら肉房が歪んでいる姿は圧巻だ。

「お……おお……」

同じパンティ一枚の姿で横並びになった三人の美女。小柄ながら張りの強い風船のような乳房を見せつける十九歳の一花。

そしてモデル顔負けの長い脚にFカップ巨乳の玲奈。さらにはムチムチとした熟女の色香をまき散らすIカップの瑠璃子。

圭太はもう口をぽかんと開いたまま、浴槽の中で見つめるばかりだ。

(ちょっと待て……亜矢ちゃんは……)

しばらく呆けていた圭太だったが、亜矢の存在を思い出してはっとなった。

あの真面目な亜矢も、同じ扇情的なトップレスになるのか。圭太はごくりと唾を飲んだ。

「四番……亜矢、入ります」

やがて、先ほどの瑠璃子よりもさらに小さな声がして、亜矢が姿を見せた。

「あ……亜矢ちゃん……まで……」

真っ白な肌の身体を少しピンクに染めて、亜矢はうつむき気味にサッシをくぐってきた。

艶やかな細めの両脚は剥き出しで、腰にあるのは他の女たちと同じ黒のパンティのみだ。

そこから驚くぐらいにくびれたウエスト。さらに期待と不安に混乱しながら視線を上にやると、たわわに実った丸みのあるGカップのバストと薄桃色の乳頭があった。

「は、恥ずかしい……から、あんまり見ないで、圭太」

首も頬も真っ赤にしたまま亜矢は、内股気味に瑠璃子の横に立った。圭太と関係を持った四人の女が横並びに整列をする。

それぞれに美しく、そしてボリュームのある巨乳が並ぶ姿に言葉も出なかった。

「ふふ、いい誕生日プレゼントでしょ、圭太さん。四人の美女がよりどりみどりだよ」

一花が堂々と丸い乳房を揺らしながら、浴槽に座る圭太を見下ろして言った。

「い、いや、俺はもう亜矢ちゃんと……」

「それはなしだよ圭太さん。亜矢さんだって了解してるからここにいるんだし」

圭太の言葉を遮《さえぎ》って一花が大きな声をあげた。確かに亜矢が圭太と他の女が関係をもつのがいやなら、こんな格好で一緒に並んでいるはずがない。

「みんなが独り占めはずるいって……それに圭太もきっと喜ぶからって」

まだ恥ずかしげに両膝を擦りながら顔を背けている亜矢が、消え入りそうな声を出した。

「でも……」

「いいの圭太。だって私が素直になれたのは玲奈さんや一花ちゃんのおかげでもあるんだから」

それでもと圭太は言おうとしたが、亜矢は急に声を大きくして訴えてきた。

その一生懸命な感じの瞳に、圭太は亜矢がほんとうに皆に感謝しているのだと思った。

「確かに……それはそうだけど」

彼女たちがいなければきっと二人の距離は縮まらなかっただろう。恩義は感じてはいるが、だからといって裸の付き合いはどうかとは思う。

「はーい、じゃあみんなお尻を向けてー」

圭太の意見はとくに聞く必要はないとばかりに、玲奈が明るく号令を掛けた。

大胆なタイプの一花と玲奈はすぐに、残りの瑠璃子と亜矢はおずおずと浴槽にいる圭太に背中を見せた。

「お、おお」

四人とも同じデザインの黒パンティのうしろはTバックで、細い紐がそれぞれの桃尻の中央に食い込んでいる。

四人ともに豊満さを感じさせる真っ白な桃尻。それが横並びになった迫力に圭太は圧倒された。

「うふふ、どう圭太さん」

恥ずかしげに脱衣所のほうを向いたままの亜矢と瑠璃子をちらりと見たあと、玲奈が鍛えられてキュッとあがったヒップを突き出した。

ただの筋肉質ではなく、その上にねっとりと脂肪が乗って女性らしいヒップだ。

「誰のが一番、いいお尻かな？」

その玲奈の隣で一花が黒い紐が食い込んでいるだけの豊尻をわざとくねらせた。

身体は小柄なのにヒップのサイズは玲奈よりも大きい。そして十代の肌の張りがあり指で突いても弾かれそうだ。

「え……ええ……そんなこと聞かれても」

一花とは反対側の端に並んでいる恋人の亜矢も、スレンダーな体型の割りにはむっちりとした美しい尻たぶを見せつけている。

こちらはそんなに激しい運動をしているわけではないからか、しっとりとした丸みがある。

「ちゃんと言ってよ、私でしょ、お尻は」

「え……いや……あの」

一花が尻を揺らして迫るように言う。誰がいいと聞かれたらもちろん亜矢と答えなければならない。

なのに圭太の目はなぜかその隣でじっと黙っている三十八歳の熟女に向いてしまう。

「ああ……圭太さん」

恥ずかしそうに瑠璃子が顔だけをこちらに向けた。誰でもいいから早く選んでくれといいたいのだろうか。

肩越しに見る瑠璃子の垂れ目の瞳が恥ずかしげに潤んでいるのが、また色っぽい。

(すごい迫力)

そして切なげにゆらゆらと横に揺れている瑠璃子の熟尻。大きさは他の女たちより一回りも二回りも大きい。

指で押したらどこまでも食い込んでいきそうなフワフワの尻肉。滑らかさを感じさせる真っ白な美肌。こうして見ているだけで触った日の感触が手に蘇《よみがえ》った。

「なによお母さんのほうばっかり見て。やっぱり男は熟女の身体が好きなのね」

圭太の目がじっと母の下半身に集中していると気がついた一花が、こちらを振り返って浴槽の中の圭太を指差した。

「そ、そんなことないって。俺は」

図星を指された圭太は慌ててなにか言おうとするが、いつものように焦るとうまく言葉が出てこない。

列の反対にいる亜矢の頬が膨らんでいくのが、さらにパニックに拍車をかけた。

「ああ、どうして……私なんて、おばさんなのに」

そう謙遜《けんそん》している瑠璃子だが、その厚めの唇が少し微笑んでいるように見えた。

垂れ目の瞳がさらに色っぽく潤み、黒い紐が食い込んでいる豊満な尻たぶがセクシーに動いていた。

「くやしいけど、お母さんの勝ち。一番目ね。あとは亜矢さん」

なにが一番目なのかわからない。浴槽でただ呆然となる圭太のほうに亜矢が歩いてきた。

たわわで美しいGカップを弾ませる亜矢は、不満げな顔をしたまま浴槽の中の圭太の腕を引いた。

「な、なにをするんだよ、亜矢ちゃん」

「いいから圭太、そこに座って」

憮然とした態度のまま亜矢は浴槽の縁《ふち》を指差した。瑠璃子のヒップを見つめてしまった後ろめたさもあって、圭太は素直に座った。

「男の人って、ああいう大きなお尻に弱いのね」

唇を尖らせたまま亜矢は座る圭太の前に膝をついた。ブツブツ文句を言いながらTバックの黒パンティだけの身体を前に倒してきた。

「この子が悪いのかな。んんんんん」

圭太の両脚間に身体を入れた亜矢は、そのまま唇で、まだ縮んでいる肉棒を包み込んできた。

美しい幼馴染みの温もりが亀頭を通して伝わってくる。

「くう、はうっ、亜矢ちゃん、どうして、ううう」

初体験のあと、亜矢とは関係をもっていない。だからフェラチオをしてもらうのも初めてだ。

この前までバージンだった恋人の初フェラが、こんな状況でいいのだろうか。だが亜矢はあまりためらいなく、肉棒に舌まで這わせている。

「ふふ、選ばれた人が圭太さんと一番にエッチする約束だったんだよ。それと選ばれた人によって別の誰かが舐めて勃起させる役なんだ」

黙って肉棒をしゃぶる亜矢のうしろから、玲奈が身を乗り出してきた。

「そう、亜矢さんが選ばれたら私の係。お母さんだったたから亜矢さん」

一花も肉棒をしゃぶる亜矢を覗き込んで言った。

どうやらあらかじめ女同士でいろいろと取り決めをしていたようだ。

「んんんんん、んんん、んく、んんんんんん」

そんな会話が自分の頭越しで行われているのもお構いなしに、亜矢は大きく頭を振って肉棒をしゃぶりだした。

この間まで処女だったとは思えないような大胆な舐めあげだ。

「あうっ、亜矢ちゃん、激しい、くうううう」

チュパチュパと唾液の音があがり、亜矢の口腔の粘膜に強く亀頭が擦られる。

強い快感に腰が震え圭太は歯を食いしばった。もちろんだが、肉棒はもう固く天を突いて勃起していた。

「んんん、ぷは……気持ちいいの？　圭太」

亜矢は一度肉棒を唇から出すと切なそうな目で圭太を見あげてきた。その間も白い指が亀頭を軽く擦っている。

「う、うん、あうっ、すごくよかったよ」

どこかうっとりとした顔で圭太を見あげてくる幼馴染みに、返事の声もうわずってしまう。彼女の唇と自分の亀頭が唾液に濡れているのが興奮に拍車をかけた。

「圭太のおチ×チン、すごく固いね」

亜矢のほうも艶のある声で言うと、乳房を自ら持ちあげて屹立する肉棒を挟み込んできた。

「あっ、亜矢ちゃん、ええっ、ううっ、はうっ」

瑞々しい肌のGカップに愚息が包まれ、圭太は驚きと快感に間抜けな声を出した。

「亜矢ちゃんは圭太を喜ばせるためにいろいろ練習してたんだよ」

横から一花がボディソープのボトルを持ってきて、亀頭だけが顔を出している乳房の谷間に垂らしていった。

「だって玲奈さんが、圭太にもっと気持ちよくなってもらおうって言うから」

ボディソープが流れ込んでいくと、亜矢は腕を動かして乳房を揺らし始めた。

「くうう、はうっ、亜矢ちゃん、ああっ」

ぷちゅっという音がしてボディソープが絡まり、豊かな柔乳が怒張を擦りだす。

乳房にボリュームがあるから、根元から亀頭の先端までをきめ細かい肌に抱かれている。優しい摩擦を受けて、圭太は快感の声をあげた。

「気持ちいいの？」

「うっ、うん、すごくいいよ、くうう、ああ」

滑らかにしごきあげる幼馴染みのパイズリに、圭太は浴槽の縁に座る下半身をよじらせ続けた。

「がんばった甲斐があったね、亜矢さん。玲奈さんのバイブを舐めたりはさんだりしてずっと練習してたもんね」

ニコニコと笑顔の一花が言う。すると玲奈もそばにきて長身の身体を乗り出した。

「そうそう、少しくらい激しくても大丈夫だよ」

「う、うん」

セックスアニマルの玲奈の指導に頷いた亜矢は、勢いをつけて乳房を揺さぶった。

「はうっ、これすごいよ、うう、亜矢ちゃん」

乳房を丸出しにした二人の女に見下ろされながら、パイズリをされるという淫らな状況の中で圭太はどんどん快感に溺れてく。

「亜矢ちゃん、くう、そこまでして俺を感じさせるために」

清純で真面目な亜矢が、先輩の指導を受けながらバイブをしゃぶったり乳房にはさんだりしている姿を想像すると、さらに欲望が昂ぶっていった。

「そうだよー、練習しながら圭太さんのおチ×チン想像してアソコをグショグショにしてたしね」

ニヤニヤと笑いながら玲奈が言った。

「ち、違うわ、玲奈さんがいじるからでしょ、指で」

ずっと圭太の顔を見つめながらパイズリをしていた亜矢が、真っ赤になって見下ろす長身の先輩を振り返った。

バイブでフェラチオの練習をしながら玲奈に秘裂を愛撫される亜矢。それを想像しただけで圭太は欲望に胸が昂ぶって、肉棒の根元が締めつけられた。

「わっ、ビクビクしてる」

玲奈のほうに顔を向けながらも乳房を揺する手は休めていない亜矢が、自分の谷間で脈打ってカウパーを流す肉棒に目を丸くしている。

このあたりはまだ経験が少ない純真な部分を感じさせた。

「ごめん……すごく気持ちよくて」

あきらかにボディソープ以外の白濁液が張りのある亜矢のGカップにまとわりつき、ヌラヌラと輝いている。

甘く激しいパイズリの快感にまだ怒張は震えていた。

「そんなに気持ちよかったの？　圭太」

「うん、亜矢ちゃんのおっぱい最高だよ」

自分の脚の間に膝をついている細身の彼女の頬を撫でて、圭太は礼を言った。子供のころから知る亜矢の献身的な奉仕は身も心も蕩けそうだった。

「なんかラブラブだね。でも入れる相手は亜矢さんじゃないからね」

いたずらっぽく笑った一花が亜矢の肩を摑んでうしろにさがらせた。その向こうにはIカップの巨乳を晒して内股気味に立つ瑠璃子が立っていた。

「あの……私は……」

「はいはい、そういうのもういいから。お母さんもおチ×チン欲しいくせに」

ためらいの表情を見せる母につかつかと歩み寄った一花は、瑠璃子の身体を唯一隠している黒パンティを一気に引き下ろした。

「うわー、なにこれお母さん、糸引いてるよ」

一花は脱がせたパンティの股の部分を圭太たちに見えるように広げた。

そこには大量の愛液がまとわりついていて、一花の言葉のとおりに粘っこく糸を引いて輝いていた。

「ああっ、やめて一花、ああ、恥ずかしい」

全裸になった肉感的なボディをくねらせて瑠璃子は両手で顔を覆った。

陰毛がみっしりと生い茂った下腹部が横揺れし、少し遅れて乳房が波打つ。そのボディの淫靡さに圭太は言葉を失って見とれるばかりだ。

「さあ、あとがつかえてるから早くね」

こちらもFカップの巨乳を揺らす玲奈が圭太の手を引いて、浴槽の縁から立ちあがらせた。

「亜矢ちゃん……いいの、ほんとに」

洗い場の床にTバックパンティのお尻をぺたんとついて座る幼馴染みを、圭太は気遣った。

女たちで話し合いはすんでいるのだろうが、それでも亜矢は圭太の恋人なのだ。

「う、うん……いいよ……瑠璃子さん、すごくエッチ」

さすがにいい気持ちはしないはずだと思っていたが、亜矢はどこかぼんやりとした瞳で全身から淫気をまき散らす瑠璃子を見ていた。

美熟女の色香に亜矢も魅入られている感じで、床についた桃尻を小さくよじらせている。

「ちゃんと亜矢ちゃんともするからね、待ってて」

もうこうなれば覚悟を決めるしかないと、圭太は肉棒を隆々と反り返らせたまま、白い肌をピンクに染める瑠璃子の前に立った。

「ここに脚を乗せて、瑠璃子さん」

圭太は瑠璃子の前に行くと、壁際にある、座って身体を洗うカランのほうを指差す。シャンプーなどを置く段差があり、そこに瑠璃子の右足を乗せさせた。

「あっ、圭太さんこんなの……丸見えだわ」

片脚立ちのポーズを取らされた瑠璃子は、さらに恥じらって肉感的な身体をくねらせている。

Ｉカップの揺れる巨乳が一気に上気していくのがなんともいやらしい。

「このまま入れますよ」

ためらう彼女にお構いなしに圭太は前から抱きしめる形で自分の身体を密着させる。そして濃い陰毛の奥でウネウネとうごめいている熟した媚肉に向かって、猛りきった怒張を突きあげた。

「ひあ、あああっ、いきなり、あっ、ああああん」

下半身を屈めてから伸びをするように怒張を打ちあげ、立位の熟した肉体を貫く。

瑠璃子は少し汗が浮かんでいる背中をのけぞらせて、淫らに絶叫した。

「僕が入れたんじゃないですよ。瑠璃子さんのオマ×コが飲み込んだんです」

もう完全に開き直っている圭太はすぐに悩乱状態の年上女に囁きながら、肉棒をピストンしていく。

他の女たちにもしっかり見ていろとばかりにいきり立つ逸物を、片脚が持ちあげられた肉感的な下半身の真ん中に突きたてた。

「はあああん、あああっ、すごいい、あああん、圭太さん、ああっ、ああ」

あっという間の崩壊を見せる瑠璃子は、圭太の肩にすがってどうにか立った姿勢を維持しながら、快感に浸りきっていく。

二人の身体の間でIカップの巨乳が、ブルンブルンと淫らなダンスを踊った。

「すごい……あんなに広がって」

「おつゆの量もたくさんだね」

呆然としている亜矢、冷静に楽しんでいる感じの玲奈、それぞれが身を乗り出してきて結合部を見あげている。

「あああん、あっ、そんなに近くで、あああっ、見ちゃいや、ああ、はううう」

ぱっくりと開いて圭太の巨根を飲み込んだ膣口を、黒パンティ一枚の三人の女が見あげている。

さらに羞恥心を刺激されたのか瑠璃子はもう涙声だが、媚肉のほうは逆に締めつけを強くしてきていた。

「恥ずかしがってるわりにはすごい顔してるじゃん。お母さんがこんなにエッチな身体だっただなんて知らなかったよ」

羞恥に悶え泣く母をさらに煽るように一花が言う。ただ彼女の様子は母を軽蔑している雰囲気はなく、さらに乱れさせようとしていた。

「あああっ、はあああん、だって、あああ、圭太さんのおチ×チンが、あああん」

身体を支えているほうの左脚をガクガクと震わせながら、瑠璃子は垂れ目の瞳を妖しく蕩けさせて、ただひたすらによがっている。

膣口を怒張が出入りするたびにヨダレのように愛液が垂れ下がって床に落ちていた。

「あああっ、はあああん、すごいいい、ああっ、圭太さん、ああっ、激しい」

さらに瑠璃子は感極まった様子で喘ぎ、圭太の肩を摑む手に力を込めてのけぞった。

「くううう、瑠璃子さん、すごい締めつけです」

「はあああん、だって、あああっ、圭太さんのおチ×チンが、瑠璃子のオマ×コを淫乱にするのう、はあああん」

厚めの唇を大きく開いた美熟女はピンクの舌までのぞかせながら、蕩けた瞳で圭太を見つめてくる。

普段見せる寮母としての優しげな笑みとのギャップがたまらず、圭太も昂ぶり、艶やかな豊尻を掴んで、下から怒張を打ちつけた。

「お母さん激し過ぎだよ。亜矢さんが見てるのに申し訳なくないの？」

自分だってさんざん圭太の巨根を味わっているというのに、一花が少し嫌みっぽく母に声を掛けた。

彼女はどうにもエスっぽいというか、意地悪な一面がある。

「あああん、だってえ、あああん、圭太さんのこと、ああっ、私、ああ」

その言葉を言いかけた瑠璃子は、慌てて自らの唇を圭太の唇に押しつけてきた。

自分で唇を塞いで言葉を遮ったのだ。

「んんんん……んく……んんんんん」

激しく舌が絡め取られ、唾液《だえき》が混ざりあう。瞳を閉じて一心不乱に圭太にしがみつく片脚立ちのグラマラスな美熟女。なんとも淫靡な色香に満ちていた。

「仕方ないよね。こんなに感じさせられたら好きになっちゃうよ」

黒パンティの長身の身体を屈めて二人の結合部を見つめながら、玲奈が呟いた。

それは玲奈の感想だろうというツッコミたい気持ちもあるが、いまは瑠璃子の甘い舌と濡れ落ちた媚肉に圭太も飲み込まれている。

ただ玲奈もまた圭太に心も奪われているという告白ともとれた。

（はっ）

鈍い圭太でもそう感じるのだから、頭のいい亜矢も感じ取っているのではと、圭太は慌てて自分の足元を見た。

「す、すごい……瑠璃子さん。ここまで気持ちいいんだ」

圭太の焦りをよそに亜矢の瞳は結合部に魅入られている。洗い場の床にへたり込むように座り、細身の身体の前でフルフルとGカップの乳房を揺らしていた。

「んんん……ぷはっ、あああっ、あああん、そうよ、ああん、好き、ああっ、ごめんなさい、ああっ、圭太さんのことが好きなのう」

そして唇が離れると、瑠璃子がついにその言葉を叫んだ。亜矢に気を遣ってキスをしてごまかそうとしたのに耐えきれなかったようだ。

「ああ、瑠璃子さん、もっと感じてください」

そんないじらしさを見せる彼女に圭太も胸が締めつけられた。ただ亜矢の手前、自分もというわけにいかないので、その思いを肉棒に込めた。

「はううううう、圭太さん、あああっ、イク、瑠璃子、イッちゃう、ああ」

片脚立ちの身体を大きくのけぞらせて瑠璃子は天井を見あげて絶叫した。

その瞳は完全に宙をさまよい、もう意識が怪しくなっているように見えた。

「おおお、瑠璃子さん、おお、僕もイキます、おおおお」

いまにも崩れ落ちそうな豊満でしっとりとした肉体を抱き寄せ、圭太も強く腰を振りたてた。

向かい合わせで立つ二人の間で巨乳がバウンドし、開かれた股間に巨根が激しく出入りを繰り返した。

「あああっ、イク、イク、イクうううううう」

いままでで一番の絶叫をあげた瑠璃子は白い肌を波打たせながらのぼりつめた。

上に持ちあげられた右脚もビクビクと痙攣し、結合部からは愛液が飛び散った。

「くうう、俺もイク」

圭太の瑠璃子の桃尻を両手で強く握りながら、膣奥に向かって発射する。

蕩けるように甘い熟女の媚肉に包まれながら、何度も腰を震わせた。

「あああっ、来てる、あああん、瑠璃子のお腹、あああん、圭太さんの精液でいっぱいになってる」

何度も迸る若い精を貪るように腰を自ら突き出し、瑠璃子は歓喜の叫びを洗い場に響かせ続けた。

「ああっ、あああん、あああ、いい、すごくいい、ああん、圭太さん」

瑠璃子を絶頂に追いあげたあと、続けて二番の玲奈をイカせ、いまは一花を貫いていた。

浴槽からの湯気に煙る洗い場に四つん這いになった瑞々しいヒップを突き出した、小柄な美少女に圭太はうしろから怒張を振りたてていた。

「ああっ、圭太さん、あああっ、激しいよう、ああん、あああ」

先ほどは、母にたいしていたずらっ子のような一面を見せた一花だったが、挿入が始まるとその大きな瞳を虚ろにしてよがり狂っている。

圭太の巨根をしっかりと受けとめてすべて快感に変えているところは、親子で共通していた。

「ああん、あああっ、いい、あああああん、すごく気持ちいい」

犬のポーズの身体で風船のように膨らんだバストを揺らし、一花はもうほとんど雄叫びに近い声で泣き続けていた。

この一花で三人目。恋人である亜矢が最後になっているのは、彼女自身の希望でもあったようだ。

(待ってて、亜矢ちゃん)

それは他の女たちをイカせたあとでも、自分を愛し抜けという亜矢の気持ちなのかもしれないと、圭太は自分なりに考えていた。

「ああっ、はあああん、もうイク、あああっ、圭太さん、ああ、一花、イッちゃう」

圭太の指が食い込む尻たぶを小刻みに震わせ、一花が限界を叫んだ。

「いいよ、イクんだっ、一花ちゃん」

感極まっていく美少女の燃えあがりに応えるように、圭太はさらに怒張のピストンを速くした。

後ろ向きにぱっくりと開いた少し小ぶりな秘裂に、野太い巨根が激しく出入りを繰り返していた。

「あああ、来て、あああん、圭太さんの精子、一花にもちょうだい」

四つん這いの身体を赤く染めて一花が顔だけをうしろに向けて叫んだ。

「一花ちゃんは意地悪したからだめだよ、そのままイクんだ」

母や亜矢にちょっと意地の悪いことをした一花にこれは罰だと、圭太はそのままピストンを続けた。

ただ若々しい媚肉の締めつけはかなりきつく、正直、懸命に射精を堪《こら》えていた。

「ああん、ごめんなさい、あああっ、圭太さんを亜矢さんが独り占めするの、くやしかったの……あああああん、ああ、亜矢さんもごめんなさい」

激しく喘ぐ一花は切なそうな顔を圭太に向けてなよなよと首を振った。

一花が皆を煽りたてていたのは嫉妬心があったからなのだ。一花は亜矢のほうにも向いて謝った。

「い、いいの、ああ……圭太、一花ちゃんも幸せにしてあげて」

亜矢はどこかとろんとした瞳で圭太に言った。亜矢はずっと他の女と圭太の行為を見ながらぼんやりとしていた。

「いいんだね亜矢ちゃん、いくよ、おおおお」

ただ亜矢の願いが本気であるというのは伝わってきた。圭太ももう我慢はやめ最大の力を込めて美少女の膣奥に怒張を突きたてた。

「あああん、好き、あああん、圭太さん、あああっ、だから、ああん、一花にも圭太さんの精液だしてえ、あああ、イクうううう」

背中を大きくのけぞらせ一花は絶頂に達した。その激しさは上半身が四つん這いのまま反り上がるほどで、巨乳もブルブルと波打っていた。

「くう、俺もイク」

圭太はそんな彼女の引き締まった腰を両手で引き寄せて精を放った。肉棒の根元がビクビクと脈打ち熱い精が放たれた。

「あああん、熱い、あああん、圭太さんの精子がすごい、ああっ、もっと出してぇ」

三度目とは思えない激しい射精を圭太は繰り返し、そのたびに一花は全身を震わせて歓喜する。

彼女の大きな瞳はもう完全に蕩けきり、なにも見えていないように思えた。

「はあはあ……ああ……」

やがて射精が終わると一花はそのまま洗い場の床に崩れ落ち、うっとりとした顔で横たわった。

「亜矢ちゃん」

射精したあとの肉棒を揺らしながら圭太は立ちあがった。もう息があがっているが、まだ彼女を抱きたいという思いは萎えていなかった。

「ああ圭太……あっ、うそ」

射精を終えて一度は萎えていた圭太の肉棒が再び立ちあがっていく。

美しくそして柔らかそうなGカップの巨乳をピンクに染め、床についたムチムチのヒップを揺らす幼馴染みに欲望がまた燃えあがったのだ。

「亜矢ちゃんを抱きたくてこんなに興奮してるんだ。同じだろ、亜矢ちゃんも」

自分でもちょっと考えられないくらいの暴走を見せる股間の愚息をちらりと見たあと、圭太は全身から欲情の香りを放つ亜矢の黒パンティに手を掛けた。

「あっ、だめ、圭太」

恥ずかしげな声をあげた亜矢だったが強い抵抗は見せない。彼女の細い足首から黒のTバックを抜き取った圭太は両手で開いた。

さっき一花が母にしたように股間の部分を開くと大量に愛液がまとわりついていた。

「エッチだな亜矢ちゃんは、セックスを近くで見て興奮してたんだね」

「ああ……言わないで……圭太のいじわる」

亜矢はいまにも泣きそうな声を出し両手で顔を覆い隠した。ただ興奮していることを否定はしない。

圭太は手で視界を奪っている彼女の腰を抱き寄せて、自分は床に尻もちをつく。

「あっ、圭太、あっ、だめっ」

もう力が抜けきっているのか、されるがままの亜矢を、向かい合わせで自分の股間に跨がらせ対面座位で挿入を始めた。

「すごい、もうドロドロだよ。くう、熱い」

亀頭が愛液にまみれた膣口を掻き分け亜矢の中に侵入していくと、狭めの媚肉が強く食い締めてきた。

快感に顔を歪めながらも圭太は一気に彼女の腰を引き寄せる。

「だって、ああん、私も圭太と、あっ、あああん、奥、あああっ」

なにかを言いかけていた亜矢だったが、肉棒が膣奥を捉えるのと同時に大きく背中をのけぞらせた。

桃尻が圭太の太腿に密着しピストンが始まった。

「ああっ、はあああん、圭太、あああん、いい、あああっ、奥すごいいいい」

一気に女の性感を燃えあがらせ亜矢は圭太の上で、細くしなやかな身体をくねらせている。

美しい柔乳がピンクの乳首とともに波打ちながら弾んでいた。

「気持ちいいんだね、亜矢ちゃん」

もう挿入した瞬間から目つきが妖しい幼馴染みのヒップを摑み、圭太は勢いをつけて怒張を上に向かって打ち続けた。

「ああん、いい、あああああん、私、あああん、怖いわ、あああん、気持ちよすぎて」

半開きの唇の間から舌までのぞかせながら、亜矢はうっとりとした声で訴え、細めの白い脚を圭太の腰に絡ませてきた。

「いいよ、いいんだ。亜矢ちゃんが気持ちよくなってくれたほうが嬉しい」

戸惑いながらもどうしようもないという風に喘ぐ亜矢にさらに興奮を深め、怒張をこれでもかと突きあげた。

「あああん、嬉しい、あああっ、亜矢、すごく気持ちいい、あああん、もうイク」

すべてを開放したようによがり泣き、圭太の膝の上で肉感のある桃尻をくねらせながら亜矢は限界を口にした。

「亜矢ちゃん、俺もイクよ、うう」

愛液に濡れ落ちた膣肉の絡みつきに圭太ものぼりつめていく。肉棒に疲れを感じているのに快感はさらに強くなっていた。

「あああっ、来て圭太、あああん、私の中に出してえ、ああっ、イクうううう」

頭ががっくりとうしろに落ちるほど背中を弓なりにして、亜矢は絶頂を極めた。

細身の身体がガクガクと痙攣し、巨乳がブルブルと波打って弾んだ。

「俺も、イクよ、イク」

圭太も腰を震わせ亜矢の奥に射精する。何回も射精しているとは思えない濃いめの精液が断続的に発射された。

「来てる、ああぁ、圭太の精液、あああぁん、熱い、ああっ」

精液を膣奥に浴びるたびに、亜矢は歓喜の悲鳴をあげて天井を見あげている。

湯気に煙る浴場に何度も甘い絶叫がこだました。

「はあはあ……もう一滴も出ないよ」

互いの肉の発作が収まり、圭太はようやく亜矢の中から肉棒を抜き取った。

力尽きたように肉茎はだらりとしているが、白の精液と亜矢の愛液に輝く姿はどこか誇らしげでもあった。

「ああ……圭太……すごくよかったよ。私、おかしくなるかと思った」

肉棒が抜かれたあと洗い場の床に横座りになった亜矢は少し目を虚ろにしたまま、圭太を見つめてきた。

汗に濡れたその顔はどこか恍惚としていて牝への変貌をうかがわせた。

「ねえ、圭太、おかわりをちょうだい」

とろりとした亜矢の視線が再び圭太の疲れ切った肉棒に向けられた。

「おかわりって、なに言ってるんだよ、ご飯じゃないんだぞ」

さすがにもう無理だと圭太は首を横に振りながら後ずさりする。もう一滴もでないし勃起も無理だ。

それに急激に淫女へと成長していく幼馴染みがちょっと怖かった。

「えー、だって私欲望に忠実な女だもん。ご飯も圭太も我慢出来ないよ、んんん」

逃げようとする圭太を四つん這いで追いかけてきた亜矢は、いきなり肉棒をほおばってきた。

「あうっ、はうう」

ほんとうに肉棒を食べられてしまう。そんな気持ちになりながらも、圭太は亜矢の唇の柔らかさと温もりに声をあげて腰を震わせていた。

（了）

※本作品はフィクションです。作品内に登場する
団体、人物、地域等は実在のものとは関係ありません。

女子寮《じょしりょう》デリバリー

〈書き下ろし長編官能小説〉

2021 年 8 月 23 日初版第一刷発行

著者………………………………………………… 美野 晶

デザイン…………………………………………小林厚二

発行人……………………………………………後藤明信

発行所……………………………………株式会社竹書房

〒 102-0075 東京都千代田区三番町 8-1

三番町東急ビル 6F

email：info@takeshobo.co.jp

竹書房ホームページ http://www.takeshobo.co.jp

印刷所……………………………中央精版印刷株式会社

■定価はカバーに表示してあります。

■落丁・乱丁があった場合は、furyo@takeshobo.co.jp までメールにてお問い合わせください。